A

グイン・サーガ⑬⑧

ケイロンの絆

宵野ゆめ
天狼プロダクション監修

ja

早川書房

7759

THE KNOTS OF KAYLON
by
Yume Yoino
under the supervision
of
Tenro Production
2016

カバーイラスト／丹野 忍

目次

本書は書き下ろし作品です。

「巨大な国がひとつにまとまるためには、なんらかの強力な絆――信仰なり、崇拝なり、あるいは自発的な忠誠が必要であると、俺は考えていた。それは独裁者による力の支配や、まして魔道によるまやかしの施政であってはならない、名もなき多くの人々に活力をもたらさねばならぬが、はっきり形を示すことのむずかしいそれを、示して下さったのは亡きアキレウス大帝陛下であった。『ケイロニアのために』――わが義父の誰より深く国を思う心。ご遺言はまさしく《言霊》である。この《言霊》は大帝陛下の長女であり、皇帝の座を継がれるオクタヴィア殿下によって、この場に集まられたすべての胸に届いたと信じている。ケイロニアを愛し、赤誠を捧げる、これ以上のとうとい絆はないと思われる」

ケイロニア王グイン

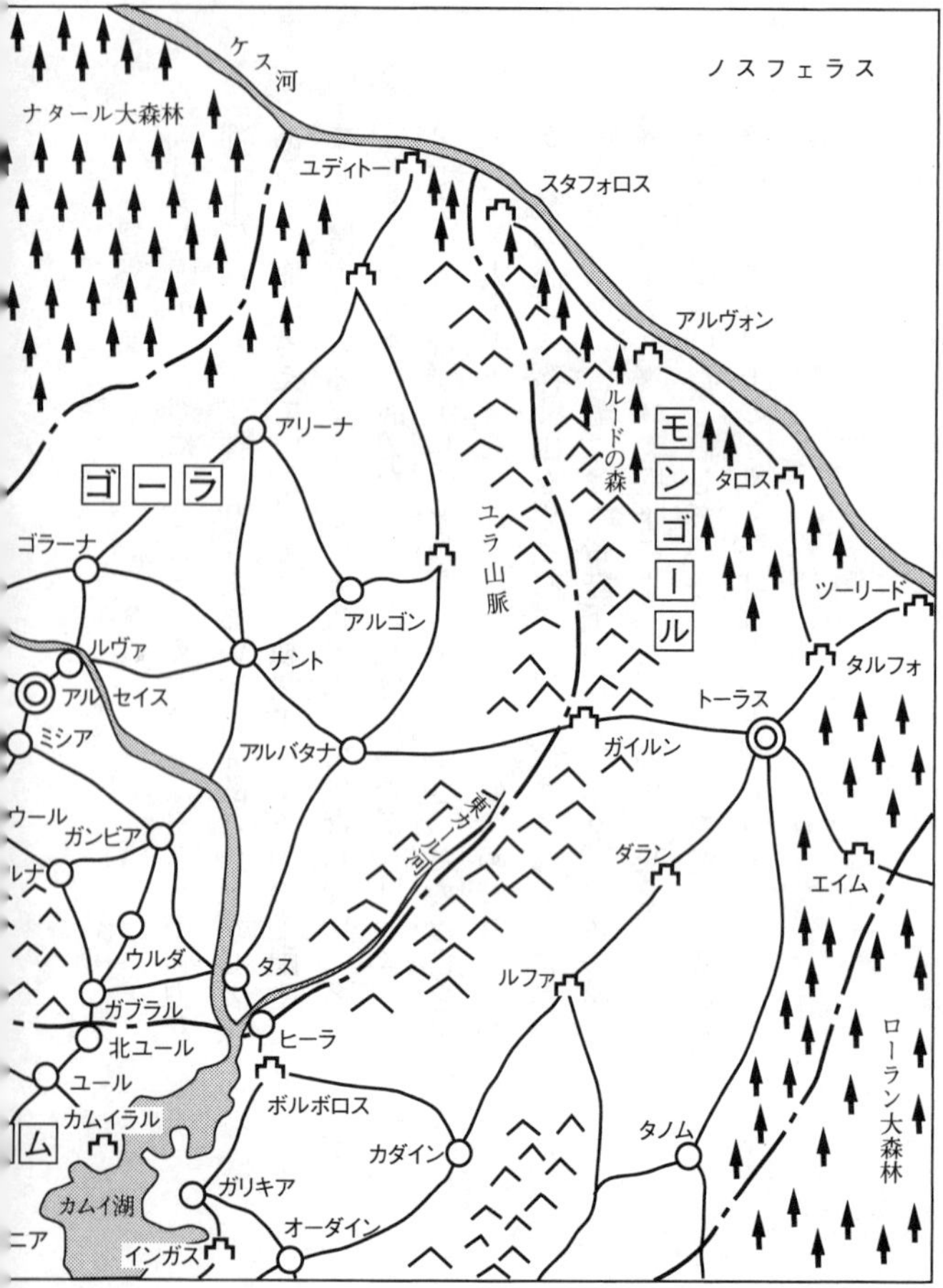
ケス河
ノスフェラス
ナタール大森林
ユディトー
スタフォロス
アルヴォン
アリーナ
ゴーラ
ルードの森
モンゴール
タロス
ゴラーナ
ユラ山脈
アルゴン
ツーリード
ルヴァ
ナント
タルフォ
アルセイス
トーラス
ガイルン
ミシア
アルバタナ
東カール河
ウール
ガンビア
ダラン
エイム
ルナ
ウルダ
タス
ルファ
ガブラル
ヒーラ
北ユール
ユール
ボルボロス
ローラン大森林
カムイラル
カダイン
タノム
ム
ガリキア
カムイ湖
オーダイン
ニア
インガス

〔中原拡大図〕

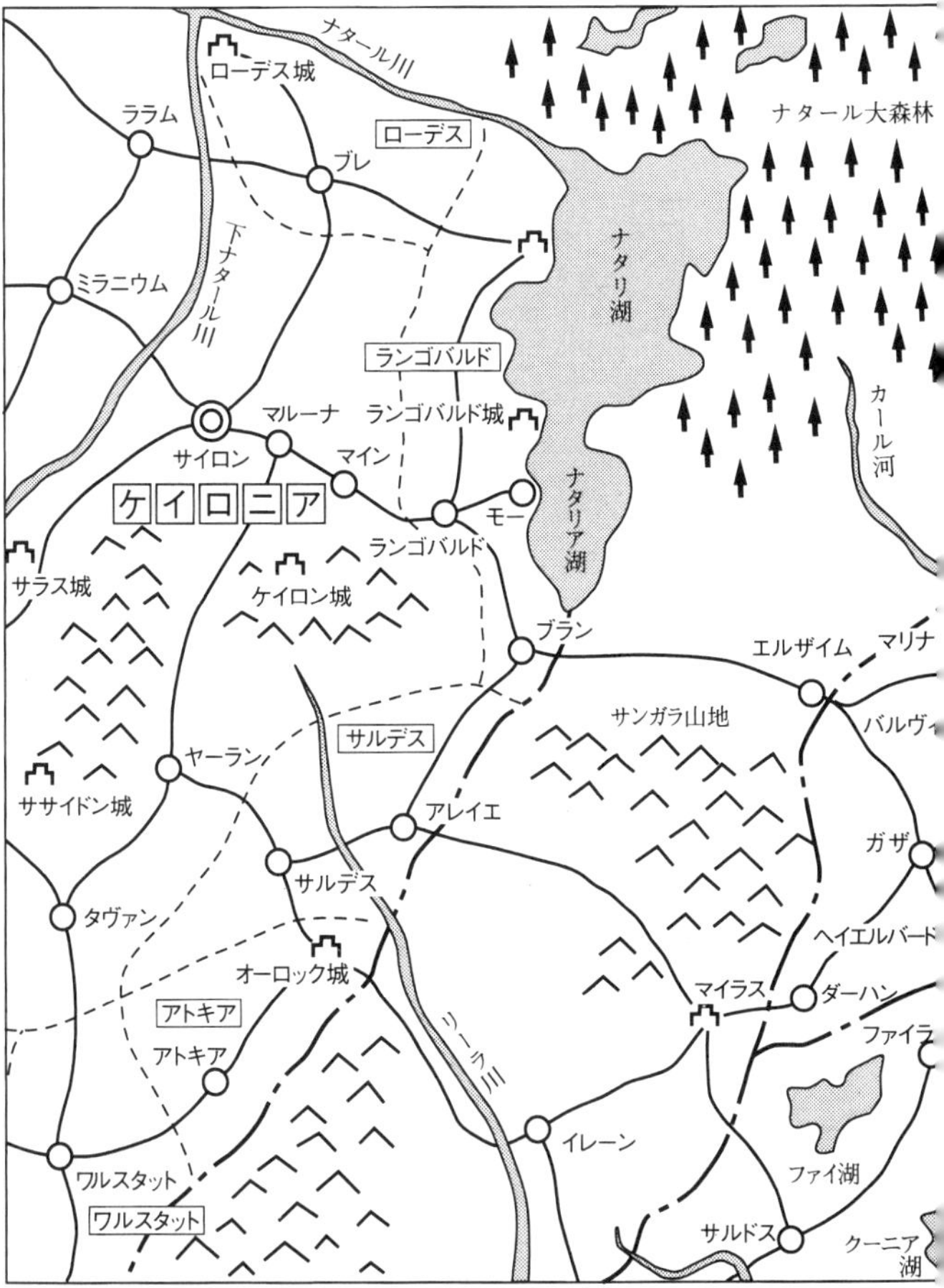

ナタール川
ローデス城
ララム
ローデス
ブレ
ナタール大森林
ナタリ湖
下ナタール川
ミラニウム
ランゴバルド
マルーナ
ランゴバルド城
カール河
サイロン
マイン
ケイロニア
モー
ナタリア湖
ランゴバルド
サラス城
ケイロン城
ブラン
エルザイム
マリナ
サンガラ山地
バルヴィ
サルデス
ヤーラン
ササイドン城
アレイエ
ガザ
サルデス
タヴァン
ヘイエルバード
オーロック城
マイラス
ダーハン
アトキア
ファイラ
リーラ川
アトキア
イレーン
ファイ湖
ワルスタット
ワルスタット
サルドス
クーニア湖

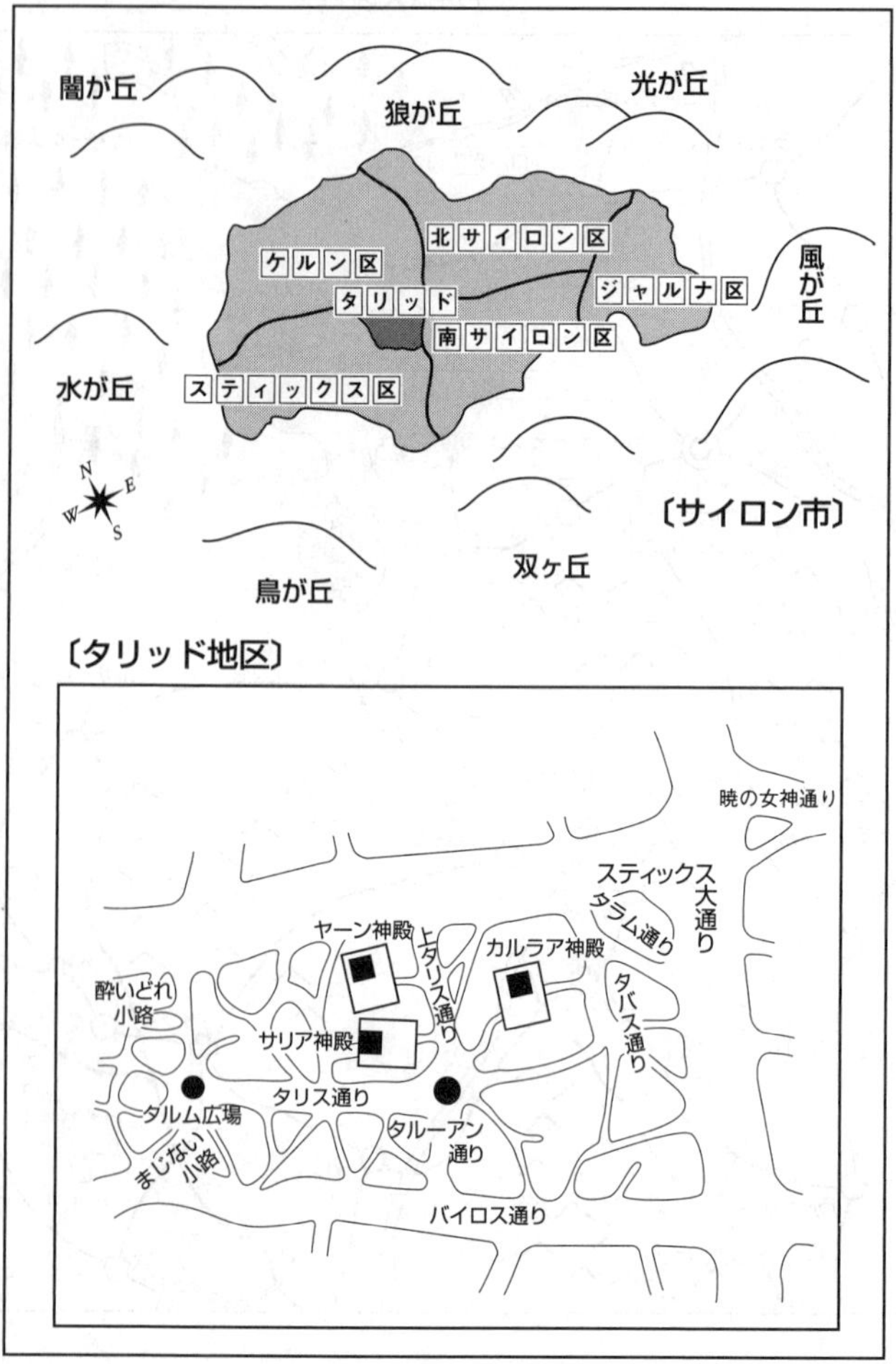
闇が丘
狼が丘
光が丘
北サイロン区
ケルン区
タリッド
ジャルナ区
風が丘
南サイロン区
水が丘
スティックス区
N
E
W
S
〔サイロン市〕
双ヶ丘
鳥が丘
〔タリッド地区〕
暁の女神通り
スティックス大通り
タラム通り
ヤーン神殿
上タリス通り
カルラア神殿
酔いどれ小路
タバス通り
サリア神殿
タリス通り
タルム広場
タルーアン通り
まじない小路
バイロス通り

ケイロンの絆

登場人物

グイン……………………………………ケイロニア王
ハゾス……………………………………ケイロニアの宰相
オクタヴィア……………………………ケイロニア皇女
リュース…………………………………サイロンの宝石商
マローン…………………………………アトキア選帝侯
ダイモス…………………………………フリルギア選帝侯
ステイシア………………………………フリルギア侯爵夫人
カルトゥス………………………………ロンザニア選帝侯
エミリア…………………………………ロンザニア侯爵長女
ディモス…………………………………ワルスタット選帝侯
ユリアス・シグルド・ベルディウス……ベルデランド選帝侯
ロベルト…………………………………ローデス選帝侯
ライオス…………………………………ダナエ選帝侯。故人
ルシンダ…………………………………ライオスの母
ケルート…………………………………先代ダナエ侯の庶子
ナルド……………………………………ケイロニア大蔵長官
ロウエン…………………………………ロンザニア鉱山の監督官
ラカント…………………………………ディモスの協力者。伯爵
ドルニウス………………………………パロの魔道師
ヴィダ……………………………………サーリャの巫女

第一話　月《イリス》と亀《ドルウ》

1

「ケイロニアのために――」

「マルーク・ケイロン！」

　獅子心皇帝アキレウス・ケイロニウスの大喪の儀において、人々の口にくり返しくり返しのぼった聖なる誓いの言葉。その言霊《ことだま》は唱和され、耳にするほどに、胸に深くしみわたり消えやらぬ炎となった。

　その火勢がおとろえぬうちに〈風が丘〉で鐘が打ち鳴らされた。特別な、半世紀にいちど鳴らされるかという特別な鐘。皇帝が替わる時にのみ鳴らされる鐘である。

　その日のうちにサイロンのすべての四つ辻において、高らかに喇叭《らっぱ》が吹き鳴らされ、黒曜宮から遣わされた触れ係が美声を張って、ケイロニアの新しい皇帝の名を告げしらせた。

オクタヴィア・ケイロニアスの名は、市井の者たちに少なからぬ驚きを与えずにおかなかった。

ケイロニアが初めて女帝を迎える。

雄々しき獅子の国――男子による継承を守ってきたケイロニアに女の皇帝が誕生する！　否――むしろ亡き大帝から実子のように愛され、統治権を委ねられたケイロニア軍大元帥にして王である英傑が皇帝に選ばれなかった番狂わせに、辻を埋め尽くす者たちは気が抜けて、みな一瞬、ぽかんと言葉を忘れたようになった。

が、一タルザンもしないうちに人垣の中であがった、さほど大きな声ではない「ばんざ～い」が皮切りとなった。ケイロニア待望の慶事を祝う声と心が爆発した。

「オクタヴィアさま万歳！」

「新皇帝万歳！」

「皇帝家万歳！　ケイロニア万歳!!」

次々と新たな歓呼が加わり、頭上高く振り上げられる腕の数が増える。そうするうちに民の胸には新たな時代に立ち会っているのだという思いが、感動がこみあげてくる。

疫病やら、あやしい魔道の影響によって、サイロンは以前の半分ほどにも立ち直ってはいない。多くの働き手を失って景気が落ちこみ、庶民の暮らし向きはなかなかよくならないが、このたびの吉事がいっさいの不安を、石畳に落ちた病葉《わくらば》のように吹き飛ばしてくれたらいい。民草は期待せずにいられない。新しい時代に、新しい風が吹き寄せて来た――〈風が丘〉なる黒曜宮から！

（これから――すべてがこれからだ。ケイロニアは新しい皇帝を迎える。女帝陛下のもとで――立ち直るんだ。下町通りも、建ち並ぶ店屋も、外国からの客もよみがえって、昔のにぎわいが取り戻されたらいい）

《大空位》は終わったのだ。

サイロンの民は来たる世に期待を寄せた。

＊　＊　＊

タリナ地区はサイロンのほぼ中ほどに位置する商店街である。

このあたりは災厄の被害が比較的すくなく、店舗の再開もはやかったので、以前のにぎわいと華やかさを取り戻しつつある。

服飾店の飾り棚にひるがえるのは、美しい絵模様が織りだされた、あるいは繊細な透かし模様のはいった布地。裏地につかわれる艶な紅絹《もみ》。隣の店舗の店先にはみごとな水晶の原石が置かれている。小路をゆく者は目ばかり惑わされるのではない。肉を焼くこうばしい匂い、よく煮込んだスープの匂いも漂ってくる。

ルアーが傾き石畳の道に出した看板に灯がはいりだせば、酒の壺と杯を描いた看板を前に「カラム酒はいかがです？　冷たいのも、うんと熱いのもありますよ？　若旦那」

　呼び込みに余念がない。

　呼びとめられたのは商人らしい若い男だ。仕立てのよい服に身をつつみ、ふところ具合がよさそうだった。

「今夜は先約があるんだ、せっかくだが、おやじさん」

　如才なく云って歩きすぎる。しばらく行くとまた声をかけられた。こんどは店と店のあいだの路地からだ。

「お兄さん、花を——お花を買ってくださいません？」

　こんどは若い女の声だ。しかも時刻は黄昏どき。

　若い男なら、いや若くなくとも耳をくすぐられずに置かないせりふだが。

　若い商人はまず首をかしげた。

（タリナで客引きするなんて、変わった娼婦もいたものだ。もぐりかな？）

　というのもこの界隈は整然として、いかがわしさと無縁なのだ。高価な絹地や宝石を夫婦で選びに来たり、たまには家族で美味しいものを、という場所柄。タリッドのよいどれ小路とは「月と亀《イリスドルウ》」ほど隔たっている。あいまい宿のたぐいは一軒もない、サイロンでは気どった区画なのである。

　ふりむいた彼はさらに首をかしげる。

脇道で彼を呼んだのは十四歳ぐらいの少女だった。目はくりっとしているが化粧っけはない。顔立ちは十人並みといったところ。膝下までくる灰色のすとんとした服は、僧院のお仕着せのように地味で、いかがわしい生業に就いているようには見えない。

(ただの花売りなのか？　なにか事情があるのだろうか)

少女の後ろの路地には荷車が停められており、さまざまな種類の花が山と積まれていた。かたわらに少女と同じ年ごろの、やはり灰色の上着に膝丈のズボンを穿いた少年がいる。所在なさそうに花車の引き具に手をかけて。金髪で色が白い少年のほうが整った顔立ちをしていたから、商人はなけなしの想像力をはたらかせた。

(金持ちの爺が、たいがいの遊びをやり尽くした果てに、少女と美少年を左右に寝かせて、うつつを抜かすというのを耳学問で知ってはいるが)

その手のやからなら取り合っているひまはない。だがたぶんちがう、この少女と少年からは、まっとうで生まじめなサイロン庶民の匂いがする。

彼は小腰をかがめ小柄な彼女に向き合った。

「きれいな花だね、それに――ずいぶんたくさんある」

たくさんの種類を褒めたつもりだったが少女はがっくり肩を落とした。

「きれいでしょう？　きれいなはずなのに……さっぱり売れないの。こんなにたくさん売れ残ってしまって……」

（それで困って声をかけてきたわけなのか）

彼は納得すると同時に花車に近づいた。

「ほんとうに色々あるな。この白いのはラヴィニアだろ？　それにこいつぁ珍しい！　ユーフェミアだ。咲かせるのがとてもむずかしいと聞いている」

白とうす紅いろの花、ユーフェミアの花はおそろしく美しい。そのかわりおそろしいほど手間がかかると云われている。

「そうよ、ユーフェミア。香りもとってもよいのよ。丹精こめないと咲かせられない花なのよ」

少女は胸を張って答えた。目に誇らしげな光。生き生きした表情。しょんぼりしている時より彼女を百倍かがやかせた。

「――ところでその花はどこで手に入れたんだね？　君のような娘《こ》が花市場に買い付けにゆくのかい」

商人の声音にほんの少しの疑いがまじっていた。

「慈善院のお庭や温室に咲いていたのよ」

（花盗人は罪にならないとは聞くが）彼はまっすぐな眉をひそめた。

「慈善院のものを盗ってきたりしては、いけないんだよ」

「院長先生のお許しはちゃあんと得ているわ」

「君は慈善院の子なのかい？」

「そうよ。院長先生は、花を売るのなら、タリナ小路にしなさい。お金持ちが多いし、安全だからって。陽が暮れる前には帰ります、ぜんぶ売り切って、と院を出た時は自信があったんだけど……」

　また哀しげに眉を曇らせる。視線は暮れゆく空に向けられていた。

「そうだな、もうルアーは沈んでしまう……花屋の時間は終わりだね」

云ったそばから（酷な云い方かな？）と思ったが、あんがい少女は潔い表情になって、

「ええ。あたしのやり方がへただったのかしら？　声をかけるとたいがいの人は足は止めてくれるけれど、買ってく人はあまりいなかった」

「それはね――」彼は少女の身の丈に合わせて腰をかがめた。「悪いのは君でも、商品の花でもない。サイロンじたいの景気がわるいのさ」

「けいきがわるいって？」

「ものが売れないんだ、そうポンポンとは。どんなにいいものを作っても、作っただけの労苦に見合う額で売るのは、玄人の商売人でも難儀するのさ。その花だって――とてもきれいだし、じゅうぶん商品価値はある、と私は思う」

「そうなのね……けいきの悪いサイロンでは、お花を売る商売は成り立たないのね」

肩を落とした少女に彼はいちばん知りたいことを訊いた。

「そう決めつけるものでもないが。どういうわけで慈善院の子が花を売ろうと考えたか知りたいものだ。教えてくれないか？」

「お兄さん――」

少女は、依然ひと言も発さない少年にちらりと目をやってから、すこしきつい口調になった。「理由をいったらお花を買ってくれますか？」

彼は内心感心していた。（この娘、あんがい商魂たくましいな）

「それは内容によりけりだ」

「このたび女帝陛下になられる、オクタヴィアさまのためなんです」

いきなり雲の上の――ケイロニアの頂点に座る人名を持ち出されたら誰でも驚く。

「オクタヴィア皇女殿下だって!?　正式な戴冠式はまだだからこうお呼びするが、その殿下のためになんでまた――？」

「恩返しをしたいの、色々かんがえて、お花を売る商売がいちばんだと思ったのよ、そうでしょ？　ジル」

ジルと呼ばれた美少年はおずおずと肯定した。言葉でなく首の動きによって。

「慈善院の女の子と男の子が女帝になられる方にご恩返し？　それも花売りをして？　何か事情があるんだね」彼は自分の胸までしかない少女を見つめなおした。

少女は話しだした。心持ち胸を反らして。

「オクタヴィアさまはね、女帝にお決まりになられる前に、慈善院に来てくださって、食べ物や冬の衣服を誂《あつら》えて贈って下さった。それだけじゃなくって、院のひとりひとりにお声をかけて下さったの」

サイロンの慈善院には黒死病で親を亡くした子どもが数多く収容されており、食費や衣料は慈善院を建立《こんりゅう》した大帝の遺志を継いだ者にまかなわれていた。

「とてもお美しくて――堂々としていて、尊敬できる方だとひと目で思ったわ」

少女の目にはうっとりした光があり、貴婦人への讃歌というより頼れる騎士への想いがかなでられていた。

「あたしの手を握って下さったの。強い手だったわ。男の人みたい――すこしだけ思った。そして『何か不安に思うことはない？』って訊いて下さったの。オクタヴィアさまに手を握っていただいて不安なんかなかったけど、ひとつだけ質問させて頂いてお言葉を頂いたわ。そのとき感じた、オクタヴィアさまには特別なお力があるって。魔道じゃないけど、ふしぎな強い――心に伝わる力。オクタヴィアさまが、ジルに――ジルの手をとったとき確信したのだわ。ジルはね、家族全員を亡くしてひとりぼっちになったの。お父さんお母さんちいさな妹まで、黒死病に苦しみぬいて死んでゆくのを目の当りにして、慈善院に入ってきた時はひとっこともロをきかず暗い顔をして一日中部屋の隅っこに座り込んでいるだけだった。お医者は心の病だって……家族との酷い別れが言葉と感情をうばったのだろうって……。でもオクタヴィアさまに手をとられ、撫でてもらったとき、ジルは涙をながして何度も何度もうなづいたのよ。それからだわ、少しずつジルが変わっていったのは。部屋の隅から立ち上がり、他のあたしたちのそばに寄って来て、少しだけど笑い顔を見せるようになったの。中庭の畑仕事も手伝えるようになったわ。お医者も云ってたけれどこれってすごいことなのよ。お兄さんにはわかるかしら？」

「――わかるよ。心の病は難しい病気だからね。すごい変化だと思う。それがオクタヴィア殿下のお力だったわけだね」

彼は少年と少女の顔をかわるがわる見てから答えた。

「うん、それに――まだしゃべることはできないけど、ジルには特技があったの！　お父さんが庭師だったから花の手入れのしかたに詳しくて、温室でユーフェミアを育てて咲かせた。花作りの天才なのよ」

少女は我がこと以上に誇らしげだった。

「あたし考えたの。ジルのせっかくの才能を活かしてあげる方法はないかしらって。たくさん考えて、お医者にも相談したわ。そして院長先生に、庭や温室にいっぱい咲いているお花を商売に使っていいですかって訊いてみた。先生ははじめおどろいていたけれど、オクタヴィアさまから『ケイロニアを脅かすものは何もない』って答えを頂いていたから、『これから街は復興してみんな笑顔や元の豊かな心をとりもどします。それにきれいなお花は一役買います』って説得したら、院長先生はにっこりして、『もし商売がうまくいったら慈善院を卒業できるかもしれないわよ。花屋が成功すればオクタヴィアさまへのご恩返しになるわね』って。そう——あたしたちが慈善院で暮らせるのは、皇帝家や他のえらい方たちの寄付のおかげだわ。毎日の食べ物も服や毛布もみんな……でもお金は涌いて出てくるわけじゃない。国が体面をたもつのには、たくさんお金がかかるって父さんから習って知ってるわ。なら、たとえ一ターでも自力で稼げるようになるならと思って——」

ここまでは一気にしゃべって、少女は言葉をあらためた。

「新しい皇帝陛下になられるオクタヴィアさまへの恩返しになると思ったんです」

少女の言葉と行動力に彼は感銘をおぼえた。感心もした。

（はじめは思い込みの強い子だと思ったが、オクタヴィア殿下の発せられたお言葉を前向きに受け止め——街の復興、みなの幸福、そこからさらに自分の利益につなげようとは、大の大人でもこうまでしゃっきり考えられんぞ）

「わかった。とてもよくわかったよ、お嬢さんの志のたかさは」

「こころざし？」訊きなおす顔はとても無邪気だ。

「云いまわしがすこしむずかしかったかな？　そう——夢のことだ」

「夢……？」

少女は頬を少し染めていた。

「夢と云ったが、夜見る夢じゃない。建設的な、ケイロニア人らしい地に足のついた展望だと感心したのだ。話を聞くうちこちらも元気づけられた。その夢の最初の一歩に手を貸したくなった。そう——この手に持てるかぎりの花束を百ターランで買おうではないか」

「ほんとうですか、うれしいっ……あ、ありがとうございます！」

少女は深々と頭を下げながら、商人にしては堅苦しい彼の云いまわしに気付いてはいた。が、いらぬことをあれこれ詮索して、客の購買欲をそいでしまうなんて愚の骨頂である。少年を振り向くと口早になって、

「ジル、お客様に花束を作ってさしあげて。大きくて形のよいユーフェミアを中心に、まわりにラヴィニアとロザリアをうまくあしらって、いちばん外側はマウリアでふんわり包みこむようにまとめたらいいわ」

てきぱき指示を与えるのにまた感心して若い商人は云った。

「君には商才があると思うよ。頭の回転が早いし弁も立つ。ご両親も商売をしていたのかい？」

「いいえ、母さんはものごころついた頃に亡くなって、父は近所の子に読み書きを教える塾をひらいていたわ。……その父さんも、黒死病のはしりにあっけなく死んでしまっ

たけど」

「そうだったのか」

ふたりが話している間に少年は花束をつくり終えた。大きな、すばらしい花束の根元にはうすべに色のリボンが結んである。

花束を受けとった彼は少年に銀貨を手渡し、少女には、「これはおまけ——いや、君たちの夢を現実にする際につかってくれたらいい」

と彼が差し出したのは、うずらの卵ほどの黄玉を彫金でふちどったブローチである。

「これは……」

高価にちがいない品物をみつめ少女は口ごもった。

「豹の目——トパーズだ。豹頭王陛下の瞳はこのような色だろ？」

この時の少女の目には驚きより喜びより疑いが強かった。

疑惑の目で見られている、わかっていながら彼は微笑んだ。

（この娘はほんとうに賢いぞ）

「それはお礼の気持ちだから、なにも心配せずとっておきなさい」

孤児の少女に貴婦人に対するように姿勢をただして云った。

「私は〈女神宝石店〉のリュース。これでもサイロンの商工ギルドの会員だ。これからギルドの集会でね。どうしたらサイロンの景気をよくできるか、気むずかしいお偉方たちに打開の策を発表せねばならない。ギルド会頭の期待は光栄だが、じつは今日になっても考えがまとまらずどうしようかと悩んでいた。ところがここで君たちに会って、話を聞かせてもらっているうちに、これという秘策が思い浮かんできたのだよ。それ以上に机上の論を実現化する気力を貰えた気がする。こちらからお礼を云わせてもらう」

自己紹介をした商人に、少女は返す言葉を思いつかないようすで、ただ大きく目をみひらいていた。花屋を夢みる彼女には商工ギルドもまた雲の上だ。それ以上に青年から騎士がするような礼を受けてぽおっとなっていたのである。

巨大な花束を抱えてふたたび急ぎ足に道をたどりながら、リュースは少女の名前を聞きそびれたことを思い出したが、（そのうち——そう遠くない将来、再会しそうな気がする、あのちいさな娘と。花屋の女将として立派にギルド入りを果たしそうだ）

三本の拍子木がからんからんと打ち合って、来店をしらせる。

「いらっしゃいませ、リュースさん、先ほどから、みなさん方がお待ちかねですよ——そのお花はどうされたんです？」

〈三拍子亭〉で彼を迎えたのは顔なじみの中年女だった。店の女は彼が抱える花束が気になるようすだ。

「わけを知りたいかい？」いちいち説明していたら待たせている者をもっと苛つかせて

しまう。「――お前さんにあげるためだよ」

「あら、まあ！」

花束をもらって悪い気のする女はいない。多少の誤解もつけ加わる。年増女はぽっと頬を赤らめたが、当のリュースはさっさか廊下を歩き出していた。女は男の背に向かって、「いちばん奥のバスの間ですよ」

会合の場に赴くリュースの顔はきりりと引き締まり、慈善院の子らに見せた表情とは別人のように武張《ぶば》っている。

このリュースちょっとした変わり種であった。

彼がはたらく〈女神宝石店〉はサイロンの目抜き通りにあり、富豪や、黒曜宮の貴婦人や女官の御用達にもなっている老舗中の老舗だ。しかし後継ぎの一人息子を黒死病でうしない、心痛から主人も急逝したため、女将の細腕に店は支えられていた――その頃、若い男が用心棒に雇ってほしいと店の裏口にたずねてきた。国王騎士団をお払い箱になったと云う。それがリュースだった。剣の腕が冴えないのに用心棒に雇ってくれとは虫がいいにもほどがある、女将は本人につけつけ云って門前払いしかけたが、このとき若い傭兵の目の中に「きらめくもの」を見いだした。上背があって、よく見ればなかなかの男前、言葉づかい物腰もやわらかく武張ってはいない。「この男、ひょっとしたら、使えるかもしれない」――長年の商売人の勘がはたらいた。（それに若くて丈夫そうだ。

ちょっとやそっとしごいたって、そうも音を上げないだろう）

それから女将の仕込みが始まった。それはかなり厳しかったが、すべて一から教え込んでくれたのはリュースには幸いだった。宝石鑑定の目利き、接客術のあれこれ、ややこしい帳簿に至るまで、女将の目にくるいはなく元国王騎士の傭兵は、海綿が水を吸うように飲み込み短期間に商人に変わり身を遂げた。

今では「騎士団におりました」と云うと、常連に冗談だと思われるほどだ。どんなに気むずかしい顧客もたくみに対応するし、上背もあって男前だから、女客の評判はすこぶるいい。女将は姪っ子の婿に迎えたいとも思っているが、リュースはいたって謙虚である。「私は商売の道に入ってからより、剣の修行をしていた日々のほうが長いんです。今ようやく剣の神髄――いえ、商売の勘所が見えてきたところ。どうか今後も御指導御鞭撻のほどをよろしく」謙虚なところがなおさらかわいく思われて、女将は上得意にまで若い使用人を売り込んでやり、店の中ではいっそう責任のある仕事をまかせた。今では女将代理といってもよかった。古くからの使用人にも〈女神宝石店〉の後を継ぐと思われている。

リュースは女将の代理でサイロンの商工ギルドに出席していた。

商工ギルドは長引くサイロンの景気低迷に手を打ちあぐねていた。

ギルドの会頭でサイロン全体にも大きな影響力をもつ人エリンゼンから、事前にうちうちの打診がリュースにあった。短期間に頭角をあらわした才覚と若い頭脳に、多少過大評価と云わざるを得ない期待を寄せられたわけだが、この大宿題には正直（俺は元騎士なのだ。一朝一夕に答えが出せたら魔道師ではないか！）というくらいの気持ちはあった。

結局、期限の会合当日まで考えはまとまらなかった。根がまじめなリュースは、タリナ一の老舗料亭に向かう道々にも考えつづけていた。そこで花売りの少女と少年に出逢い、名も知らぬ少女の言葉が――ヤーンの翼が巻き起こすという――ひらめきをもたらした。

「オクタヴィアさまには特別なお力がある。ふしぎな強い――心に伝わる力」

（これだ！）とリュースは思った。

もとよりギルド会頭のエリンゼンは大のグイン王贔屓、新皇帝がオクタヴィアに決まったため消沈しているところがある。そのせいもあって景気対策にいまひとつ気が乗っておらず、（女の皇帝で大丈夫だろうか？）とぼやくことさえある。

（景気付けと同時に、ギルド会頭の弱気を吹き飛ばせるような、初の女の皇帝となる皇女殿下を持ち上げる神輿《みこし》――オクタヴィアさまには特別なお力がある――女性の持つ神秘な――強い力が――何か思いつけそうだぞ）

〈三拍子亭〉の廊下を歩く数タルの間もリュースは頭を回転させつづけていた。

少女の云った「ふしぎな強い――心に伝わる力」とは、すなわち多くの人をうごかすカリスマ性にほかならない。それを景気回復につなげられないか。

オクタヴィア・ケイロニアス、その異名はイリスと聞きおよぶ。《イリスの炎》ケイロニアの至宝冠にはめこまれた宝玉がかの女を玉座に導いた。

（そうだ！　女帝即位をきっかけに新しい景気を呼び込むのだ）

《大喪の儀》が終わって、各地で晴れの行事も復活している。

即位式に列する貴婦人や女官なら当然のこと、出席できない女でも、この機をあてこんでドレスを新調したがるだろう。そのドレスに合う宝飾品を求めたがるにちがいない。ルビーやサファイアやエメラルド、きらびやかな宝石たち。それらをちりばめた首飾り、耳飾り、髪留めに身を飾る誘惑。それに逆らえる女は少ない。ここでケイロニア最高の位に上り詰める女神のような――否、現世《うつしよ》の《イリス女神》のご威光をつかわせてもらってもばちはあたるまい。

（そうだ！　ケイロニアのご夫人がたに一役買ってもらうのだ）

扉の直前でついに考えはまとまった。

＊　＊　＊

そうして〈三拍子亭〉の別室で、リュースがぶち上げた景気対策は、ギルドの長たちに拍手をもって迎えいれられ、会頭のエリンゼンも、表情こそ重々しかったがこの妙案に内心では感心していた。

それと同じとき、リュースに花束を貰った女は、大ぶりの花瓶に活けかえようとしていた。ユーフェミアの花房の陰からふいに飛び出してきたものに眉をひそめる。

（何だろ、黒い……蛾かしら？）

虫と名がつくものはきれいなアゲハも苦手な彼女、ひらひらっと高い梁に上って消えたからホッとしたが、ユーフェミアの茎にびっしり何かこびりついている。ごくちいさな赤いつぶつぶだ。

（さっきの虫が産んでいった？　おお、いやだ。気持ちがわるい）

鳥肌をたてながら、料理につかう綿布で花茎から拭き落とし、アブラ虫をやっつける要領で石の床に踏みつぶした。

白い布はつぶされた卵によって濃い赤紫に染まっていた。

2

オクタヴィアは黒曜石の張られた廊下を歩いてゆく。藍色のドレスの裾からのぞく白いレースが小さな波のようだ。

長身の彼女の足運びは一般の女より広い。成人するまで男のなりで通してきたのだ。ケイロニア皇女として品格は申し分ないが、今でも男まさりの挙動がにじみ出ることはある。それでもよく発達した筋肉のおかげで動作は優美である。

「オクタヴィア殿下のおなりです」

「ご機嫌うるわしゅう存じます」

「オクタヴィア・ケイロニアス殿下！」

かがやかしい髪と深い青色の目をもつ黒曜宮のイリスに、女官たち小姓たちは丁寧な礼を表しつつ、歩行の妨げにならぬよう、さっと廊下の左右にひかえる。次期女帝の速歩には慣れっこだ。

オクタヴィアは南西に向いたガラス張りの扉をひらいた。

扉からバルコニーに出ると北国の風がわずかに紅潮した頬をしずめた。

（ああ、気持ちのよい風）

《大喪の儀》で目の当りにした何千人もの熱狂が今も残っているようだ。

ケイロニア女帝に捧げられた何千もの忠誠の誓い。唱和し、響き合い、よりいっそう高まる声音は炎のようだった。数日を経てもいっかな薄れない熱。それどころか芯に深く居座っている。

（熱にうかされているようだわ。幼い頃に高熱を発して夢を見、そのだいそれた内容におののいたような――）

むろん夢ではない。第六十五代ケイロニア皇帝を継ぐのは自分だ。しかと運命を受けとめたつもりである。それでも――……

彼女は彫刻のほどこされた大理石の手すりに歩み寄った。晩秋の空の下《もと》、風は広いバルコニーを吹きわたってゆく。風を司るのはダゴン。神の冷たい指先が結い髪からほつれた後れ毛をなびかせる。

（ダゴンの神は〈風が丘〉を通り道にした。何百年いえそれよりずっと昔から――黒曜宮が地上に現れる前からこうして吹いていたのだわ）

宮殿で最も立派なそのバルコニーはサイロンの方角を向いている。

黒曜宮を築いた何十代も前の皇帝は、このバルコニーから夕陽に輝く情景を見下ろし、サイロンを《黄金の都》と呼んだと伝えられる。黄金はルアーの象徴であり、繁栄とゆたかさの比喩でもあることを、皇帝家所蔵の史書をひもといてオクタヴィアは知った。おのれが受け継ぐことになった国をもっとよく知らねば、学ばねばならぬと痛切に感じた。さいわい皇室図書館にはケイロニア史をはじめ、地誌、歴代皇帝の業績を記した万巻が納められている。

（わたしはケイロニア皇帝たるべく育てられてはいない。帝王教育をうけてはいない。これから――すべてがこれから。学び、知り、皇帝として恥ずかしくない教養を身につけてゆかねばならない）

その思いを深めさせたのは皇帝簒奪をたくらんだ皇弟ダリウスだった。父アキレウス帝が偉大な手本なら、ダリウスは最悪の反面教師であった。少女のオクタヴィアに復讐心と間違った野心を植えつけ陰謀に引き込もうとした。男子世嗣ぎを得られなかったことこそ兄アキレウスの弱み、その皇帝を暗殺さえすればケイロニアを手中にできると考えた……。

思い出してもぞっとする、正気の者の考えではない。今さらその思いを深めるのは、万世一系続くケイロニウス皇帝家の帝王教育――正嫡の男子を帝王たるべく育てる仕組みを知るからこそだった。

南はワルスタット、北はベルデランド、海という玄関を有すアンテーヌと、広大な領土と多様な民族が存在する大国の頂上に座るにふさわしい、寛大で剛毅、そして英明な人物に皇太子を教育した。第六十四代ケイロニア皇帝アキレウスと、皇弟ダリウス・ケイロニウスには歴然たる差があったのだ。アキレウス帝には十二選帝侯から剣を捧げられる帝王としての器があった。生まれたときすでに大帝王の器として認められていた。

（どんなにダリウスがお父さまをそねみ妬み、とって代わろうとしても……万が一暗殺に成功しても皇帝になれるはずはなかったわ。ダリウスに追従する者などいない。十二選帝侯も、十二神将も、どの貴族もダリウスに剣を捧げたりしない。お母さまを惨殺した悪党……憎んでも憎み足りない男は浅はかだった。このわたしを偽りの皇太子に仕立てようとしたのもそう。ぞっとするぐらい先が見えてなかった。これから先わたしの前にさまざまな道が伸びるだろうけれど、ダリウスの道だけは選ばない。これは絶対の戒めだわ）

帝王の学問に抜け道などない。地道に学ぶのみ。教師は図書だけではない。ケイロニアの中枢には優れた人材が揃っている。宰相ハゾスやサイロンの長官であるアトキア侯マローンから、ケイロニアが直面する諸問題や、津々浦々で起きている出来事を知ることができる。

国政について――巨大な国を動かす政事《まつりごと》の方針を思いめぐらす日がこようとは、星稜宮で病父につきそい、大帝がすこしでも楽に過ごせるよう気づかう日々には想像もしていなかったが、女の身には合わない、つらいとは感じなかった。かつてサイロンの闇をひとりの剣客として疾駆し、おのれの伎倆で危地を斬り抜けた緊張感が身のうちによみがえる気さえした。

だが、サイロンが今どうなっているか、知るほどに、災厄による痛手の深さを思い知った。黒死病によって働き手を失い明日のガティに困っている者。ふた親を亡くして、アキレウス帝が創立した慈善院に収容されている子らも多い。

グインがサイロンの孤児を庇護し救済する条例を発表したとき、誰より感嘆したのはオクタヴィアかもしれない。このとき胸のおくからひとつの確然たる思いがこみ上げてきた。

(この方にはかなわない)

政事的手腕、軍隊を統率する力、人望、智略――それらよりも、民のひとりひとりを思いやる慈愛の心の深さには脱帽するしかなかった。

(十二選帝侯会議が、ケイロニア王グインを差し置いて、妾腹の皇女を皇位継承者として認め、女帝の位に就ける決定を下したのは、ひとえに――万世一系続いてきた血筋を守るためなのだわ)

オクタヴィアの理性は判断している。純血と伝統を継ぐ道具にされている自覚は居心地のよいものではない。飾りものの女帝なんてまっぴらだと思う。

（それは旧ユラニアの傀儡《かいらい》政事とどこがちがうの？　どこもちがわないわ）

母の国ユラニアの大公によって、皇帝の座に就かされ、終生を籠の鳥のように過ごさねばならなかったゴーラ皇帝サウル。終生いさかいを望むことなく、狭い鳥籠の暮らしに不満をあらわすことなく生涯を閉じたとされる。それは彼女とは最も遠い生き方、考え方のように思われた。

大喪の儀で多くの人の心を動かした彼女の炎――父の国ケイロニアを思うイリスの情熱は、逆しまに悩みとコンプレックスをもたらした。この先女帝として踏みしめる一歩一歩はおそろしく骨が折れるだろう。新皇帝の誕生に沸く民の声が、全身に重くのしかかってくるだろう。それでも――

（女帝の冠を戴いても揺るがず、奢ることなく、姿勢をただして歩んでいこう）

決意したかぎり後戻りはすまい。

（《イリスの涙》は尊い宝にちがいない。けれど権勢を示すものではない。民に未来への光輝を示すのが冠を得た者のつとめなのだ。容易でないつとめではあるけれど）

「オクタヴィア殿下！」

甲高い女の声に考えごとを中断される。振り向いた彼女は端正なくちびるをわずかに歪める。（苦手な相手に見つかった）ときの正直な表情である。

「こちらにいらっしゃいましたか、お探しいたしましたわ」

「ステイシア夫人」

オクタヴィアと同じく準喪装に身をつつんでいるが、銀狐のストールを巻き付けそれでもまだ寒そうにしている。

夫のフリルギア侯ダイモスは宮廷きっての有識者。典範を諳《そら》んじてのけるケイロン第一主義者であり、その面目を賭けて大帝直系の娘を――グイン派のハゾスに云わせればケイロン強引かつ怪しげな手段をもってまで推した。フリルギア侯の徹底したケイロン純血主義が、――ア姫を娶《めと》ってから昂じたというのは宮廷内の常識となっている。選帝純血侯に嫁いでいるステイシ皇帝家の濃い血をひく誇りと自尊心から皇帝家代々の儀式作法にきわめて詳しく口うるさい。《大喪の儀》ではありがたく感じたオクタヴィアだが、しだいに辟易《へきえき》させられるようになってきていた。

ステイシアはその夫に輪をかけて格式にこだわるケイロン主義者であり、女帝誕生というケイロニウス皇帝家発祥以来の椿事――ヤーンの偉大なる運命の改変は、高貴な夫人の心機にも大変化をもたらした。誰に頼まれたわけでもないのに「ケイロニア初の女帝の心得」なるものを編み出し、皇位継承者と顔を合わすたび教訓を垂れてくる。

曰く、「オクタヴィア殿下はおみ足が長いのはよろしゅうございますが、女性の足運びにしては少々広すぎます。お歩きになる際は、心がけて歩幅をちいさく、つま先からそっとお出しになるようにすれば、今よりずっと優雅にうつりましてよ。たとえるならば水面をすべる白鳥《ヴィーヴィー》のように――」

たとえも長々しい。オクタヴィアの耳には、助言というより微に入り細を穿った小言にしかひびかない。毎度話の途中で逃げ出したくなる。

ステイシアの方はオクタヴィアの表情が曇ったことに気付いてもいない。女帝の教育係にふさわしいのは前皇帝アトレウスの末の姫である自分を措《お》いていない、という謎の自信に満ちあふれている。年の頃は〈煙とパイプ〉亭のオリーより十歳くらい若いだろうか。モンゴールの田舎女に過ぎないオリー、おいしい料理で客と家族をよろこばすことが人生だったオリーとステイシアは大違いだと、オクタヴィアは青い目をどんよりさせて思うのである。

ステイシアは儀式で燭台に火を灯すだけでも、持ち手の指の揃え方、逆手の袖をどうさばくべきかにまで一家言を有していた。

（ロウソクの灯し方にこれだけのうんちくを語れるのはもうそれだけで才能だわ）オクタヴィアに、感心に呆れの混じったため息を落とさせる。

儀式作法の講釈もめんどうだが、オクタヴィアの苦手意識を決定付けたのは、ステイシアが即位式の衣装について語りはじめたときだった。生地選びにはじまって、ごく細かい意匠の指定も気をぬいてはならない。襟ぐりの広さ、折り畳まれるひだの数、ヴェールの編み目もようについても、えんえんとうんちくを垂れる。ドレスや宝飾品のたぐいにあまり興味のないオクタヴィアは頭痛をおぼえた。

「パロ出身のデザイナーが即位式の礼服とお色直しを専属で縫うことになりましてよ！」

ステイシアは得意満面でいるが、オクタヴィアは内心で（お父さまがお召しになったお衣装を直して着用するというのではだめかしら？）と考えている。

稀少な雪ヒョウの毛皮をつかった儀礼用のマントはたいそう高価だと聞く。国庫に余分な負担となりはすまいか。国を巨大な家とするならば、その家計がゆたかといえないことをオクタヴィアはわきまえている。即位式の采配と物品の納入のいっさいがっさいをフリルギア侯夫妻にまかせられたら楽だがそれもできない。めんどうでも苦手でも、国の威信と国庫事情を秤《はかり》にのせ、つり合いをとらねば。

（ヤーン神殿の大神官に織王冠をかぶせていただいて、それで即位式は終わりとする……でも私は一向にかまわないけれど）

ところが本日ばかりは風向きがちがった。ステイシアが話題に上らせたのは、ドレスに使われる絹の品質や銀の燭台の意匠ではなかった。

「オクタヴィア殿下は、摂政にどなたを指名されるおつもりなのですか？」

ステイシアは高貴な少女がそのまま年を重ねた無邪気さを両の眼《まなこ》に湛《たた》えていた。

「摂政……」

　オクタヴィアは言葉に詰まってしまった。

「ご存知ですわよね？」とステイシアは云い置いてから、「第十三代と二十四代のケイロニア皇帝は幼少であらせられたので代わって政務を執り行う者が必要であったと、ケイロニア史を学んでいらっしゃるなら」

「……ええ。でも十三代のアンチノウス帝も二十四代のディアラス帝もまだ十代の少年だったから摂政を置いたと史書に書かれていましたけど」

　ステイシアは一瞬、あら、という顔をしたがすぐにっこりした。高貴な少女の、高貴な育ちゆえ相手の立場や心境をおしはかることのない無邪気な笑みである。

「ご年少の方々はケイロニア皇帝たる教育の途中だったから摂政が必要でしたのよ。オクタヴィア殿下ははじめから帝王教育をお受けになってらっしゃらない。お立場は同じ――いえ、オクタヴィア殿下のほうが心もとなく思われはしませんかしら？」

　ルアーは東から上るのよ、そんなこともご存じなかったの？　とでも云いたげなステ
　イシアにオクタヴィアの胸のおくがうずく。……痛みさえおぼえる。

（ステイシア夫人は悪気があっておっしゃってるんじゃないわ。これは正論）

　歪みそうになるくちびるをひき結び、銀色の頭を立て直そうとする。

（ケイロニアを統治する者として、オクタヴィア・ケイロニアスでは心もとない……そ

れが宮廷人の本音というもの）

　わかっているつもりでも毎日の勉強と努力を評価してもらえないのは悲しく悔しい。しかるべき摂政はいずれ指名しなければならないが、黒曜宮の宮廷でどんな根回しをしたら、円滑にすすめられるか、直線的思考の持ち主のオクタヴィアには頭の重いところ。

　そんなオクタヴィアに反し、スティシアの弁舌はなめらかだった。

「お考えになってらっしゃらない？　ハゾス宰相でしたら離婚してもらわないといけないし、ロベルト様は星稜宮でお親しくなさっていてもお目のことがあるし、順当に考えたら独身のアトキア侯マローン殿か、まだ選帝侯を継いでらっしゃらないけれど優秀の噂に高いアウルス・アラン子爵かしらね？」

　はあ、と相づちを打ちながらオクタヴィアにはわかっていなかった。スティシアは「摂政問題」を政事の側面から取り上げて云ってきたのではないと――。

　スティシアの好奇と興味の矛先は、そこにはなかった。

「再婚相手になられるわけですからね」

　ここでようやくオクタヴィアは理解し、あわてた。

「お待ちになって下さい、スティシアさま！」

「なあに？」無邪気な少女のように訊き返される。

「摂政については、わたしなりに考えがあります」

　再婚相手を摂政に指名する気なんて毛頭なかった。夫と摂政の役割は別のものだとオクタヴィアは思っていた。

（だいいちハゾス宰相は問題外として、ロベルトさまとは親族のようなお付き合いだし、アトキア侯もアンテーヌ侯のご子息もそんな目で見たことなんてないわ。だいいちアランさまは二十歳になるばかり――年上の女帝なんて迷惑に思われるだけよ）

　オクタヴィアの思考は自分の常識にとらわれていた。彼女は情熱的な恋を結実させた結婚しか知らない。政事的政略的な色合いの濃い結婚があることを考えにいれていなかったし、摂政に指名するのに適正な人物ならば決まっている。

「グイン陛下に――陛下と話し合った上で決定いたしたく存じております。それに再婚の意思は毛頭ございません」

「まあ、再婚のご意思をお持ちでなかったの⁉」

　ステイシアの驚きには落胆が混じっていた。

「ケイロニアの権勢を握る女性におなりなら、お好きな殿方を指名なさればよろしいのよ」

　女帝の権勢の使い途について、オクタヴィアとは、ドライドンの司る海とルアーが駆けのぼる天空ほどひらきがあったようだ。

「ステイシアさま……」

「あたくし、お若いアランさまを推そうと心決めしておりましたの。ケイロン宮廷で一番の美形ですし頭《つむり》の方もおよろしいそうですわ。父親のアウルスさまはアンテーヌ族の血が濃いけれど、アランさまを産んだのは中の姉のマレーナですからケイロンの血をはんぶん引いてらっしゃる。その点も申し分のない貴公子だわ。それにやっぱり若くて美しい摂政は絵になるではありませんか？」

オクタヴィアは（きれいな顔の夫はマリウスでたくさん）とまでは思っていないが、ステイシアが摂政の第一の資格は容姿、と信じているのを察知した。

むろんそれだけでもないだろう。高貴な少女の趣味とは、血統の絆という点で、政事の思惑と切っても切れないのかもしれない。生まれ育ちとはそういうものだ。ステイシアの発言には考えさせるものもある。ケイロン民族の矜持とこだわり。まるで体内深くに刷り込まれているかのような……

この時まるで啓示のようにオクタヴィアの中でひとつの考えがひらめいた。

《織王冠を戴く者が重大な決断を下すとき、珠玉よりほとばしる炎は世界をすら変える》

選帝侯と黒曜宮の重臣にケイロニア初の女帝を認めさせる、きっかけになった《イリスの炎》にまつわる伝承である。

（フリルギア侯が持ち出してきた、《イリスの涙》がケイロニアに変革をもたらすというのは……）

この文言は、ハゾスの入念な確認作業にもかかわらず、公式の文書からは発見されなかった。しかしフリルギア侯ダイモスは胸を張っており、虚言にはうつらなかった。口伝として後世につたえられたものであろう、が黒曜宮の見解の一致したところではある。

（……もしかしたら、お父上の戴冠する姿を見てきた少女がつくった物語だったのではないのかしら？　生まれた時から特別な地位にあった、高貴な少女の紡いだ夢物語。無垢な魂が紡いだ挿話であったからこそ、もっともらしく響き、ケイロニアの重臣に受け入れられ真実として受け止められたのでは？）

重臣たちの熱狂的な支持を思い出しもする。

それとは別に彼女は異なる国の、まったく異なるけれど類似したしきたりを思いだしもした。

（それに……そうだわ。パロの聖王家には《青い血の掟》というものがあって、マリウスの父君ははじめ叔母君にあたる方と結婚したと聞くわ。そして、でも……その夫婦仲はたいそう冷たいもので……マリウスのお母さまを愛妾に迎えた。マリウス――アル・ディーン王子はそうして生をうけたのだわ）

政事や政略のための結婚がある一方で、離婚同然の別居を選ぶことにはなったが、マリウスとは互いに惹かれ合って結ばれたのだ。自由な恋愛を知るオクタヴィアには、男女の結びつきに政事をからめたり、まして民族の純血を保つため結婚相手を選ぶなんてとんでもないことだと思ってはいたが。

その時——

バルコニーに入ってくる人影をオクタヴィアはみとめた。

「オクタヴィア殿下、あたくしの考えを申し上げますとね——」

畳み掛けるステイシアのせりふに重なって、その後を消し去ったのは太い男の声だった。

「オクタヴィア・ケイロニアス陛下——」

オクタヴィアはたしなめるようにトールに云った。

「トール将軍、即位式の前ですよ。まだ——呼び名には注意を払ってください」

けじめはつけるべきだとオクタヴィアは考えていた。

「失礼いたしました、オクタヴィア殿下——」

星稜宮において皇女母娘の護衛についていた、護王将軍トールは貴婦人たちを前にして、うやうやしく片膝をついている。

「こちらはフリルギア選帝侯夫人ステイシアさま、ご機嫌うるわしゅうございます。大事なお話のところ重ねて失礼いたします」と、アトキア出身の将軍はここぞと如才なさを発揮する。

オクタヴィアは輝きを取り戻した目をトールに向けて、

「用向きはなにかしら？」

「グイン陛下から緊急の招集がかかりました。中奥にて、サイロンの財政について重要な会議があるそうです」

「まあ！」

オクタヴィアの声が弾んだのは云うまでもない。

オクタヴィア以上に多忙をきわめるグイン王から提議される議事！　現在のケイロニアで最も重要な会議と云えるだろう。オクタヴィアは観兵式に呼ばれたぐらい心が浮き立っていることに気付く。それにステイシアの長話からも解放されるのだ。

「たいへんに急で申しわけありませんけれど、会議に出席いたしますので、興味深いお話ではありますが、またの機会にお聞かせ下さいませ」

お断りの姿勢はいんぎんなほど流暢《りゅうちょう》だ。

もっともステイシアの方は気をわるくするどころか、（財政問題ですって！）伝統の形にひだを寄せた袖《スリーブ》につつむ腕に鳥肌をたてていた。

（フリルギアの岩塩に関しても、官吏と商人の間であれやこれや、ややこしいやりとりがなされるけれど、どれも頭が痛くなることだらけだわ。それがサイロン——都全体にかかわることならどれほど大変か……あたくしだったら逃げ出してしまいたいわ。女帝になられる方にそれはお出来になられない。なんておかわいそうなオクタヴィアさま！）

皇位継承者に心の底から同情してもいたのである。

3

黒曜宮の中奥である。

このところグイン王は広大な宮殿の私的な空間に側近を集めるようになっていた。王の私室からケイロニアの政事は動かされ、新しい条例は発せられていた。

「オクタヴィア殿下、私はこれより練兵場に参りますゆえ」

トールは宮殿の廊下で一礼をして去った。その後ろ姿を見送って彼女は内心つぶやいた。

(時間がゆるせば、わたしも練兵に立ち会いたいわ)

訓練場に居並ぶ騎士の姿を想像した。漆黒と純白と黄金の甲冑のすがたを。ケイロニアを守護する国王騎士団の甲冑の輝きこそ、宝石や豪華な衣装にまさって尊いものに彼女には感ぜられた。

ルアーの光の下《もと》、白砂の閲兵場に一糸乱れず整列した騎士たちが、護王将軍トールの命令に従い、みごとに統制のとれた動きをみせる。それは同じひとつの頭脳をもった巨大な竜にもたとえられる。竜の牙は剣と槍。人馬一体となって見せる技のみごとなこと！　勇猛な騎士たちはいつの時も彼女の血を熱くする。父から継いだ尚武の気質を。

しかし、もはや父娘が並んで観兵することはないのだ。すきま風のように忍びこむ哀惜。いまだ父帝の死を受け入れられずにいる部分は確かにある。

（会議前から暗い顔でいてはいけないわ）

オクタヴィアは銀髪をひきつめて結った頭を振り、自分自身の頬をぴしゃりと打って扉の前に立つ。

「皇位継承者、オクタヴィア・ケイロニアス殿下のお成りです」

小姓の声がひびく。

「オクタヴィア殿下、お待ちしておりました」

アトキア侯マローンだった。

サイロン市政を兼務する若き選帝侯の表情は堅かった。

執務と会議のテーブルに着いているのは、グイン、そして宰相のハゾスであった。

オクタヴィアは、ここぞと淑《しと》やかに、裾をさばいてテーブルに着くと、

「新しい経済政策についての、お話しでしょうか？」

この発言は無邪気すぎた。のちにケイロニア女帝の胸に羞恥を呼び起こすことになる質問だが、なんとなし重い空気を読み取ったからこそ、明るい議題であってほしいと思

ったからだった。

「オクタヴィア殿下――即位のお支度もあろうところを、お呼びだて致しましたのは、いささか緊急を要する経済問題が多発して起きたからなのです」

ハゾスが切り出した。

(緊急――多発――……)

「問題とは、いったいどのような？」

オクタヴィアは眉根をくもらせる。

「――殿下もご存知のように、黒死病によってサイロンの人口は、災厄によって四割近く減少しております」

マローンが議事を円滑にすすめるべく、現在のケイロニア財政がかかえる最大の問題点に言及する。

黒死病によって、ごく短期間に国の民が半減した――そのことが意味する、施政者にとって最も手痛いおそろしい真実をマローンは申し述べた。

税収の落ち込みだ。

ケイロニア王と廷臣は、サイロンの都を復興させるため、これまで考えつくかぎりの手をうってきたが、人口減少だけは一朝に回復できるものではなかった。その上さらにサイロンを訪れ、豹頭王ましますす黒曜宮を見仰いだり、タリッドのよいどれ小路で羽根を伸ばし——結果、金を落とす旅行者も無くなり、隊商による流通も途絶えて久しい。さりとて一部の富裕層の税率を上げるのは賢いやり方ではない。他の土地に流出させさらなる景気悪化を招くおそれがある。

ケイロニア王は、復興財源の不足を補うため、アンテーヌ選帝侯から八千ランの借金をした。その他の大きな支援には、ゆたかな森林を有するベルデランドとローデスから、木材の安価で大量な供給がある。

しかしまだ足りなかった。

そこで、災厄の年より数カ年、十二選帝侯の直轄領《ちょっかつ》に特別税率を課し、ケイロニア王に納付するという条例が発され、そのままサイロンへの義援金となっていた。特別税はサイロンの衰退はケイロニア全土におよぶ、という大帝の考えをケイロニア王がかたちにしたものであり、選帝侯から反対の声はいちども聞かれなかった。

「しかしここに来て……」

マローンの調子はいちだんと沈み込んだ。

「ツルミット侯から突然、本年より直轄税を打ち切ると申し入れがあったのです」

選帝侯はケイロニア貴族の中でも群を抜いて富を有する。直轄領は領地でも特に肥沃であり収穫の多い土地だ。豊かな私財に課されるわけだから、これほど公平な税法もない。皇帝家とても高率の税金を納めているのだ。

「ツルミット侯からなぜ……？」

　オクタヴィアは問うた。

「災厄から二年目の収穫期をむかえ、サイロンはじゅうぶん立ち直ったと思われる。ツルミット選帝侯は都の民よりツルミットの民の生活を優先して考えねばならぬゆえ、本年度より直轄領の収穫は自国の民の福祉に使うことにする——と親書にありました」マローンは苦い汁が口中にたまったかのように口の端をゆがめた。「しかし復興はまだまだ途上です。税を投入しなければ進められない工事や事業は多いのです」

「そうよ！　サイロンは立ち直ってなどいないわ。ツルミット侯は現状を知らないからそんなことが云えるのよ」

　オクタヴィアは声を高くした。直轄税は困窮者の支援にもあてられていた。市井にはさまざまな理由から働きたくても働けない者がいるのだった。

　亡き大帝ゆかりの慈善院には、たくさんの子どもが収容されていた。慈善院を慰問したオクタヴィアは、親をなくして言葉が発せなくなった少年と出逢っていた。慈善院の院長は「心にきずを負った者が職を得るのは難しいのです」と少年の将来を憂えた。

　オクタヴィアは、もの云わぬ少年にマリニアが重なってしまい、他の孤児より長い時間を割いて手をさすっていた。そのとき施政者として、また母親として、弱者に救済をほどこす必要性を痛感したのだ。

「オクタヴィア殿下のおっしゃる通りです。直轄税の撤廃はありえません。今のところ……」マローンはいい辛そうに云う。「かといってツルミット侯だけを免除するというのも、十二選帝侯間に不公平が生じてしまいます。それで困っております」

「直轄領税は、グイン陛下が、お父さまに相談され、許可を得た上で発令されたものなのに。なぜ今になって……」云いかけてオクタヴィアははっとした。

（まさか……！　ツルミット侯が税の不払いを云いだしたのは……）

心がぐらぐらした。男まさりと云われていても、オクタヴィアは本質的には女らしい、心慮の持ち主である。

（わたしが次の皇帝を継ぐと決まったからなのでは？　ケイロニア施政の右も左もわからない女を、偉大な大帝陛下と同等には見なせない――との意思表示では？）

施政に抱くコンプレックスが負の感情をもたらした。オクタヴィアの美貌は青ざめ、くちびるがかすかに震える。

「ツルミット侯は、わたしが皇帝になるから……女の皇帝に税金を払ういわれはないと考えているのでは……？」

「ちがいます！」

まっすぐな気性のマローンはつよく否定した。

「ツルミット侯は、オクタヴィアさまを皇位継承者に推しています。正式な選帝侯会議においてです。異議があれば議場で唱えているはずです。ツルミット選帝侯なら――」

いったん言葉を切り、マローンは考えをめぐらすようだ。「……そうです。親書に書かれていませんが、これは私の想像ですが、領地に不作が続いて、自国の民が困っているのかもしれません。もしそうなら私でも同じ選択をとると思います。この件に関しては詳しい理由をツルミット侯に説明してもらうべきかと存じます」

これをオクタヴィアはすんなり受け取れなかった。ものごとは悪く考えたほうが真実味が増す。

そこで――

「今、マローンが云ったことは、あながち想像ではないかもしれぬ」

グインが発言したので、一同の視線は豹頭にあつまる。

「ツルミット選帝侯領は、十二選帝侯中最も狭く、特産品と呼べるものがない。もし農作物や家畜に何らかの害が出た場合には直轄領の収穫をまわすのがケイロニアの領主の古くからのならわしであり美徳である。早々に親書を送り交わし、事情を確認した上で今期のみ税を免除するか停止するのか決めるべきかと思うが、よいか」

グインの冷静な考察を聞くうち、オクタヴィアは取り乱したことが羞かしくなる。

（ツルミット選帝侯に事情がある、という考えはまったくなかったわ。ケイロニアの地誌を学んでいるくせに……）

最近くせになってしまっている、髷に結っている頭をひと振りする動作をしてから、ケイロニア王の雄姿に向かって云った。

「わたしは、皇位継承者としてツルミット選帝侯を訪問し、サイロンへの援助の継続を頼みこもうと思います」

「それには及ばぬだろう、オクタヴィア殿下――即位を前にして黒曜宮を離れたら、不都合が多くなるだろう」

「殿下、それに、親書を送り届ける役人の仕事をとってもなりません」ハゾスはおだやかに云い足す。「直轄税については、百年に一度の大水害に見舞われたローデス選帝侯も、ほぼ壊滅的な被害が予想されるため、免除、休止の措置を考慮していたところです」

「おお、そうだったわ。ナタールの汎濫によってロベルトのおひざもとの地は何もかも流されてしまったのだわ……」痛ましげにオクタヴィアはまつ毛を伏せた。

ナタール大水害は、民のいのちや家畜や農地をうばっただけではない、領主ロベルト・ローディンにも手ひどい痛手を負わせていた。災害に遭った民を訪ね慰めるうち、もとから虚弱な侯は心労がたたって倒れ、枕も上がらぬ状態に陥っている。領地を隣するベルデランド侯ユリアスが病状を報せてきた。

（サイロンだけでも苦しいこの時期に、ツルミット、ローデスまで……）

オクタヴィアは不穏な気分になる。

（それに、はじめ「問題の多発」と聞いたわ）

「グイン陛下――さらにこの上、問題があるというのですか？」

トパーズ色の目をきらりとさせ、豹頭王は肯定の意を示した。

「ハゾス、ナルドを入室させ、ロンザニアの件を殿下にご説明させてくれ」

（大蔵長官からロンザニアについて――？）

ハゾスの片腕として長らく外交に手腕をふるってきたナルドは、アンテーヌ選帝侯アウルス・フェロンに借金を申し入れる大役もつとめている。黒曜宮にかえってきてから、長官に昇格就任していた。

常に精力的な印象をあたえるナルドだが顔は精彩を欠いていた。

オクタヴィアに膝を折って臣下の礼をとると、

「これを、ご覧下さいませ。殿下」

ナルドは懐からなめし紙を巻いたのを取り出し、全体が見てとれるようテーブルにひろげ、巻き戻らぬようクリスタルの重石で四隅を留めた。それはびっしりと文字と数字に埋め尽くされていた。

「……これは、ううむ」マローンは太い眉をしかめる。

オクタヴィアどうよう初見であるらしい。グインとハゾスの表情にこれという変化は見られないので既に目を通したようだ。

　オクタヴィアが一読で理解できたのは、剣や槍や盾やら、騎士団に用いられるさまざまな武具の細かな目録《リスト》であることと、最後に捺《お》された黒い山型の紋章だった。

「これはロンザニアの印章ですね？　ロンザニア侯はいったい何と云って？」

　ナルドはいくぶんせかせかと云った。

「──おそれながら殿下、ロンザニア選帝侯が中央の財政に口を出してくることは未だかつてありません。ですが、選帝侯直轄であるロンザニア鉱山と製錬所の長は、その権威を代行しており印章使用を認められております」

「そ、そうだったかしら……」

　オクタヴィアのあいづちは曖昧だ。昨日今日の学びでは、黒曜宮とロンザニア鉱山間の細かい決めごとや取引上の常識まで通暁していない。かろうじて解ったのは、

「ロンザニアから買い入れる鉄製品に、何か……困ったことがあったのですね？」

「その通りです」

　ナルドは深長に首肯《うなず》くと、苦い声音で云った。

「ものによって違いますが、平均して百スコーンにつき五ランほどになるかと」

「それは暴利だ！」

　叫んだのはマローンだった。感情がおさえられなかったようだ。

「失礼いたしました。あまりにも不当な値上げなので、つい……」

一ランは庶民の家庭が半月暮らせる大金だ。が、オクタヴィアにはこれがどの程度の値上げか、はかりかねた。当惑しきった彼女を見てナルドは理解したらしい。次期皇帝はさほど数字に強くはないな、と。

「これまでは百スコーンにつき二と半ランだったのですよ、殿下」

これにはオクタヴィアも絶句する。

「実態を把握してもらうことが肝心だと思い、ナルドにリストを持たせたが、かえってわかりにくかったようだな」とグイン。

「いえわたしが勉強不足だったのです。黒鉄鉱といえば、わがケイロニア正規軍の鎧となる重要な資源なのに。しかし——陛下、倍にも値が上がるなら、そうおうの理由があるのですよね？」

グインは説明をナルドに振る。

「それが……わからないのです。甲冑や剣や盾——軍備に使われるすべての製品を一覧にしてよこしてきながら、値上げ理由については触れられておりません。いったいロンザニア鉱山は何を考えているか？　困惑いたしまして、すぐにケイロニア大元帥たるグイン陛下にご相談申し上げたのです」

オクタヴィアはリストをじぃっとみつめ、ロンザニア侯の印章「黒い山」を指さし、

「ロンザニア侯は本当にこんな暴利をみとめたのでしょうか？」

「やはりお疑いになられますか？　書類の真偽を――しかし、印章は写しと並べて寸分たがわず、ロンザニアからの使者の顔にも見覚えがありました。もし仮に鉱山責任者と製錬所の長が心得違いでもおこし、偽の書状をしたためたとしたら、あまりにも上げ幅が大きすぎる、露骨にすぎます。ロンザニア選帝侯も納得された上としか現段階では考えられませぬ」

オクタヴィアはおしだまった。新たにのしかかる国庫への負担。こうも次から次へと見舞ってこようとは。こめかみに手をやったのは、かすかな痛みをおぼえたからだ。

「殿下、かつてこんな不当値上げが通ったためしはありませんよ。鉱山の心得違いにきまっています、ロンザニア侯に親書をだせばすぐに問題解決ですよ」

力付けようとしてかマローンは云うが、グインもハゾスも沈黙を守っている。不安が増してくる。（ああ、やはり、わたしがケイロニアの玉座に就くことはよく思われていなくて、だから次々と難題がふりかかってくる!?）

いささか感情的になってしまうが、新皇帝になる身であるから、不吉な発言はおさえこむしかない。ただ……胸のざわめきが高まるばかりだった。

＊　＊　＊

「グイン陛下、会議の間中、オクタヴィア殿下は、お顔の色がすぐれなかったようにお見受けいたしました」

散会となってのち、ハゾスはグインに打ち明けるように云った。居室に残っているのはふたりだけである。

「ナルドにケイロニアの抱える問題を包み隠さず、女帝となられる方にご報告せよと命じたのは俺だ」

「陛下のご判断にまちがいなどありません。これからもオクタヴィアさまの胸を痛ませる報せをお耳に入れねばならぬ事態は多々あることでしょう。書物から学び得ない、不測の、ヤーンの過酷な仕打ちを学ばれる機会が思いがけず早くめぐってきたのかもしれませんね」

「そうだ。人の上に立つ者が真に不幸になるのは、広大な国土を見渡す《正しい視座》を得られなかったときだ。オクタヴィア殿下――第六十五代皇帝陛下には、時にたおやかなお心に痛みを感じられても、今ある国の状態を正しく認知してもらうべきだ。《大喪の儀》において、人々を結束させるお力をしめされたオクタヴィア殿下だ。男子優先の、尚武の国体、その頂上に就くまで、就いたのちも試練はあろうが、乗り越えられると俺は見込んでいる。かの方は並の女人ではない。アキレウス・ケイロニウス獅子心皇帝の世嗣《よつぎ》なのだ。それに隠し立てをしても、いずれ知られたとき深く傷つけるだろう」

「グイン陛下がかくも女性の内面を考えてらっしゃるとは、このハゾス、不明の至りにございます」

ケイロニア宰相は嘆息と共に頭を垂れた。

「かつて――俺は、勝ち気で情熱的な若い娘を『女はドレスの裳裾でもひき、宮殿の舞踏会で、男の首をとるがいい』とはずかしめたことがある」トパーズの目に遠い光がよぎった。

「また――かつての俺は、女性はすべて守られるべき、そっと扱わぬと壊してしまう脆《もろ》いものとも思い込んでいた。だが、それは偏った思い込みだった。花の種類がさまざまあるように、女性もさまざまだ。さまざまな――強さをうちに秘めている。教えてくれたのはヴァルーサだ。そしてヴァルーサの生んだ娘だ」

ハゾスは眉を上げた。大きな驚きから。豹頭王の娘は生まれてひと月を経ていない。

「リアーヌ王女は、お小さいながらに女性らしい仕草をなさるんですか？」

「世間の尺度にあてはめるなら逆だな。雄々しくたくましく振る舞っておる。アルリウスのほうがはるかにしとやかで、世話係の女官を困らせないようだ」

黄色い目をほそめ、我が子を語るようすは、巷の男親となにひとつ違わなく見える。

「――それはそれといたしましても」

ハゾスはいちだん声の調子を落とした。

「ダナエ侯の遺族の考え違いは聞かなかったとしたいくらいですが、ナタールの氾濫は天災だとしても、ツルミット侯の税不払い、ロンザニア侯の黒鉄鉱の値上げと、追い打ちをかけられ悩ましいかぎりです」

名宰相の白皙《はくせき》の額に刻まれたしわが、浅くなる日はこないようだ。

「オクタヴィアさまのツルミット訪問には異議を唱えましたが、私はロンザニア鉱山に見学の名目で出向き、値上げの事情を聞き取った上で再交渉を考えております」

「ケイロニア宰相による鉱山査察――か」

グインはつぶやきつつ、視線を天上のすみに放った。するどい、黄色の炎が発火したかのようだ。大理石の天上のしみに見えたものが、やすめていた翅をひらめかせる。黒い蝶が消え去るまで、グインはしばし睨むようにしていたが、

「ハゾス――ロンザニア侯の祖は鍛冶の一族だ。鍛えた黒鉄鉱をアンテーヌ族やベルデランドのタルーアンに売り、財を――やがては国をなしたという。商工者にとっては物の価をつり上げ、利をはかることはべつだん疾しいことではない」

「しかしながら獅子の玉座に忠誠を誓う者のやり方としてはいささか……」

ハゾスが言葉を濁したのは品のないもの云いを避けたのだ。が、弱り目につけこむやり方には腹に据えかねるものがある。

「ハゾスおぬしは、ロンザニア侯がひとたびは皇位継承権を認めながらも、オクタヴィ

ア殿下の即位に遺憾の意を表わしているのではないかと疑っているのか？」

「おっしゃる通りです」

「大喪のアキレウス大帝との別れの儀で、ロンザニア侯とツルミット侯とは、オクタヴィア殿下に剣を捧げぬままに裏手から広間を去っている」

ハゾスはグインの言葉に胸を突かれた思いがした。

「私としたことが……気が付きませんでした」

《大喪の儀》において、ダナエ侯家の伯爵にシルヴィアの子の生存を暴かれ、衝撃から自失していたのだ。そのシリウス王子についてだが、騎士団から発見の報はもたらされていない。シルヴィアともども生死不明の状態にある……。

グインはトパーズ色に透徹した光をたたえハゾスを見返す。

「黒鉄鉱は国王騎士団になくてはならぬもの。だが今はオクタヴィア女帝陛下の即位に向けて万端おこたりなく整えるべき時期だ」

ケイロニア王にして大元帥の言葉は重い。ハゾスは深く首肯いた。

「はい、陛下」

グインは考え深げにつけ足した。

「ロンザニア鉱山との交渉については、俺の考えと提案とをまとめておこう。ロンザニア側の云い分をきいた上で、ケイロニアの守護をおろそかに出来ぬことも先方に理解してもらわねばならぬ。ロンザニアもまたケイロニアの一部であるのだからな」

グインの前面の壁には、ケイロニアの全図が掲げられていた。ロンザニア――南北に細長い領地の、ほぼ中央に黒鉄鉱を産するロンザニア鉱山がある。

4

その夕刻、オクタヴィアの居室を訪ねたのはフリルギア侯夫人ステイシア、本人はそうと気付いていないが煙たがられている貴婦人だ。

上等な絹の上靴でステップを踏みかねない、それくらい弾んだ調子でやって来て、

「オクタヴィア殿下！　およろこび下さいませ。即位式にお召しになられるお衣装ですけれど、最高級のシルクがつかえそうですわよ。大喪の儀に列席したタイス伯が、お悔やみとは別に、シルクの反物を献上して下さっていて――」

興奮気味にまくしたて、やっと、室内の暗さに気付いたようだ。

「オクタヴィアさま……いらっしゃらないの？」

部屋はもぬけの殻。皇位継承者の別名であるイリスの光を注がれて静まっていた。

＊　＊　＊

ステイシア夫人が女官やら小間使いやら、あちらこちら皇位継承者の居場所を聞きま

わっている頃、探されている本人は黒曜宮とは別の場所でイリスの光を浴びていた。

〈風が丘〉からサイロンに至る街道を、栗毛の愛馬に鞍を置き駈けさせていた。

はじめは外宮をひとめぐり、それだけにするつもりだったオクタヴィアだが、衣装を替えて厩《うまや》に入っていったとき――

(これからは乗馬の機会も減るだろう)

もともと馬車より騎馬の移動が性にあっている。愛馬は主人を認めると軽く嘶《いなな》きやわらかく鼻面をおしつけてきた。鞍を置きまたがると、始めはかろやかに、やがて本来のすばらしい走りを見せた。駿馬は走るよろこびを全身に満ちあふれさせた。

(お前は草原に生まれ、走るために生まれてきたのに、一日の大半をおとなしく繋がれているしかない)

自分と重ねたわけではないが、今はどうしても感傷的な気持ちに囚われてしまう。

昼の会議が堪《こた》えていた。

女帝として重責をひきうける。ケイロニアを治める者にふさわしい教養を身につける。帝王として考え答えをだす――覚悟と情熱をいともたやすくへし折られた。折れてしまうおのれの弱さに二重に滅入っていた。

(これからもさまざまに問題は起こるだろうし、反対者とも遭遇するだろう。これくらいで負けたらいけないわ。落ち込んでたりしたら……)

夜の深まりにつれ、こうこうと輝きを増す頭上の女神を見上げる。

(でも今夜だけ独り身《イリス》の時代に戻らせてほしい)

愛娘《マリニア》の寝顔にゆるしを乞うてきた。オクタヴィアは片手を髪にやって結い髪にさしている櫛をひき抜いた。

夜目にもかがやかしい髪が解き放たれるように広がった。

ダゴンの道を駆け抜ける男装の麗人。

かつてイリスと呼ばれた姿にもどって、呼吸がらくになり肩の怒りがやわらぐ気がした。


そうして――

十タルザンも走ったとき、彼女は短いムチ音を耳にした。

さらに後方から迫る蹄の音。

(追われている……?)

刹那に緊張がみなぎる。

怖れからではない。腰には長剣を吊っている。護身用の短剣も。久しく味わわなかった刺激的な感覚が走ったのだ。黒曜宮一の貴婦人から皇位継承者に上った身には、多少慎みを欠いたつぶやきを洩らす。

(もし私を害する者なら後悔することになる)

相手は単騎のようだ。

「――殿下、オクタヴィア殿下！」

風に乗って太い男の声がきこえた。

「トール将軍」

速度をゆるめたオクタヴィアは、愛娘が「おーうー」と呼ぶ護王将軍に、気の抜けた顔を向けた。

「まさか厩からずっと……？」

後をつけられていたとは解らなかった。

「不審者のように見ないで下さい。殿下はケイロニアで最も大切な方。もし何かあったら国家の一大事です。オクタヴィア殿下、マリニア殿下を第一にお守り申し上げるよう、いっときも目を離さぬよう、ケイロニア王陛下から勅命を受けております」

「皇位継承者の夜の散歩は危険行為に入っているのかしら？」

「散歩のおつもりなら――」

アトキア生まれの将軍は語調を変えた。少しやわらかめに。それはオクタヴィアを喜ばす発言だった。

「もう少し足を伸ばしたって大丈夫ですよ？　お供いたします」

「トール将軍、あなたってとても話が分かるのね。夜遊びに付き合ってくださるなんて！」

「夜遊びは――」トールはコホンと咳払いをしてから、「困りますが、サイロンまでなら遠乗りの範囲だと思いますよ」

「行き先までお見通しだったのね」

「そりゃまあ、この道はサイロンへの一本道ですからね」男装のオクタヴィアをみつめ、「そのお姿は初めて拝見しますが、惚れ惚れするほどよくお似合いですね」

「おせじでもうれしいわ、ありがとうトール将軍」

（おせじなんかじゃありませんよ、イリス殿下）トールはかすかに目をほそめていた。

ふたりは共に騎士の笑いをうかべ、月下に轡《くつわ》を並べて進んでいった。

サイロン市の門衛は、このふたりの――ひとりは銀髪を惜しげもなく肩にふりかからせている――騎士をあやしむことなく通した。ケイロニア王に承認された通行手形をトールが提示して見せたからである。

サイロンの街は静かだった。

飲食店街が看板をひっこめだす時刻、夜通し開いている居酒屋もその頃は数すくなくなっていたが、小路には一定の間隔に外燈が灯され、イリスの鐘《トルク》が鳴るごとに護民兵が夜回りをしている。ねずみ騒動も、まじない小路の怪事件もおさまって、サイロンの夜は平穏を取り戻していた。

もし、もの盗りが夜陰にひそんでいたとしても、馬上の騎士ふたりを狙ってくるとは考えにくい。

それに——トールは感じていた。即位が近づくにつれてオクタヴィアの肩のこわばりが増してきている。日々彼女の神経を締め上げている、と近辺警護の長には思いやれたのだ。おしのびの散策が心の絃をゆるめ一服の清涼となれば幸い。もとより命に替えて女帝となる身を守る覚悟はかたまっている。

いっぽうオクタヴィアの心を占めているのは、ひたすらの懐かしさだった。

かつて——まだ十年経っていない。この闇路を駆け抜け、剣をひきぬき銀光をひらめかせたのだ。男装に身をかため、異母妹《シルヴィア》の危なっかしい行動を横目にしながら、恋に恋する女というものを軽蔑しながら——いつしかに自分も恋に落ちていった……。茶色の巻き毛、すばらしい歌声の持ち主、「カルラアの申し子」を自認してはばからない、吟遊詩人のマリウスに出逢ったのがサイロンの夜だった。

(マリウス……)

剣をとって人を傷つけるくらいなら殺されてもいい、と本気で云ったパロの王子。その魂は空ゆく鳥の自由を愛し、ケイロニア宮廷についになじめなかった。

あの夜と同じ石畳を歩くほどに追憶が胸をしめつける。

(ふしぎね。まるで昨日のことのように記憶は鮮やかなのに。私はもうすぐケイロニア

皇帝になる。……なんという運命だろう）

オクタヴィアはうつむき黙りこくる。

（あの夜マリウスと語り明かしたわ、広場の噴水の縁に腰かけて。あの広場は今も変わらずあるかしら？）

栗毛と青毛の二頭の馬の蹄鉄の音だけが月あかりの下にひびく。

オクタヴィアが懐旧の念にひたっているうち、石畳の道は大通りからいくつかの小道が分かれてきていた。下町ふうの背のひくい家が建てこんでいる区画である。

小路の角にぼうっとした光が見えた。外燈ではなかった。どうやら辻占らしい。

路上にちいさな机をだして、黒い布を掛け、その上に水晶球を置いている。黒の道衣をまとい、目深くフードを下ろしているが、水晶の光が顎から顔の下半分に当たっていて、痩せた陰気そうな男だとわかる。

この先に〈まじない小路〉があることをオクタヴィアは思い出した。

背筋を震わせたのをトールにさとられた。

「どうかされましたか？」

「なんでもない」

オクタヴィアはことさら太く声を作った。

（さっきの占い師がなんだか気にかかる……）

馬上から見返すと、占い師は卓上の水晶球に目を落としたままでいる。

(気のせいかしら、見られているように感じた……)

「ずいぶん陰気な辻占ですね。あれでは商売にならんでしょう」

トールは身も蓋もないことを云う。

オクタヴィアは大通りに出たらそのまま帰途につくつもりでいた。

背後から足音がしなかったら。

何人もの足音がした。乱暴な――

「いたぞ」

「まちがいない、あいつだ」

「不吉を呼ぶ占い師め！」

声には怒りがみなぎっていた。男たちは明らかに殺気だっている。

すでにそのときオクタヴィアは馬首をめぐらしていた。トールが従う。

ものをたたき壊す鈍い音、ぱりんと硬質なものが砕けちる音がした。

さいぜんの辻占は三人の男に囲まれ、机を壊され、路上につき倒されていた。うつぶせに倒れ込んだ占い師の背中を男たちのひとりが蹴っとばす。

「やめろ、やめるんだ！　ひとりに大勢でかかるとは卑怯だぞ」

オクタヴィアの制止の声がひびく。

　暴行者のひとりが振り返り、こともなげに云った。

「誰かしらんがほっといてくれ。この占い師と俺たちの問題だ。だいいちこいつの自業自得だ」

「自業自得とは？」オクタヴィアは訝《いぶか》しむ。

「……こ、こいつは占ったんだ」少し離れたところから四人目が、松葉杖をつきながらやって来た。「不吉なことを！　俺に、近々高いとこから転げ落ちて怪我するだろうと。そしたら本当に……仕事帰りに酒を飲んで、家の前の階段を踏み外して足を折っちまった」

「怪我は自分の責任だろう？　むしろ酒を過ごしてはならないと戒めてくれたのだろう」

　オクタヴィアの云い分は正論に過ぎた。

「いんや、こいつはいったんだ！　もし怪我するような目にあったら、仕返しに来てもかまわない、気が済むまで叩きのめしてくれたらいいと」

「そうだ、そうだ！　俺は隣でたしかに聞いた」仲間が叫ぶ。

にわかには信じられない、異常な話ではある。怪我人は下町のどこにでもいそうな男。そんな異常な作り話を思いつくとも思えない……。

　オクタヴィアは地べたに這った占い師に目をやった。裾も袖も長い道衣から痩せた手足が伸びている。立ち上がる力もなく臥せたすがたが、陸《おか》に上がった亀《ドルウ》を思わせた。男たちは机を叩きこわした太い棒を振り上げる。

「やめろ！」

オクタヴィアは叫んでいた。

弱者を虐げる者たちに、母ユリアが殺される場面が閃光となって重なったのだ。抜きはなたれた長剣が電光を描いた。

「え？　ひええ……！」

凶器を輪切りにされた男は驚愕のうめき声を上げた。

トールも長剣に手をかけている。

怯んだ暴行者たちはこそこそ云いかわし、ふたりの騎士とまじない師を見比べていたが、それも一タルザン内だった。ひとりが身をひるがえすと、残りふたりも後を追い、あっという間に姿をくらました。

最後の一人、骨折した男だけは「薄情だぞ、かたきをとるといってたくせに」逃げ去った仲間をなじりつつ、松葉杖で体を支えながら後を追った。

オクタヴィアはまじない師にあゆみ寄り手を貸そうとした。

「大丈夫ですか、おじいさん、怪我は？」

黒いずた袋のようだった体を自力で起こすと、何ごともなかったかのように割れた水晶球の破片を拾いはじめる。雰囲気から老人と判断したが年齢不詳なところがある。

「……殺されるのも容易でないな」

集めた破片に目を落としてつぶやく。オクタヴィアは柳眉を上げた。ほんとうに殺されていたかもしれないのに――冗談にも聞き捨てにできなかった。

「貴方はほんとうに不吉な占いをしたのか？　わざと――憎まれようと？　殺されてもいいと思ったのか」

自業自得どころか自暴自棄ではないか？　そのような不健康な考えをするケイロニアの民がいようとは……オクタヴィアは動揺をおぼえた。

「自らいのちを絶つことは禁じられておりますゆえ」

その言葉が記憶を揺り動かした。パロ人である良人から、パロには魔道をとり行う者を厳しく管理するギルドがあると聞いたことがある。そのギルドには多くの禁忌が存在するという。しかしここはケイロニアだ。オクタヴィアは他のケイロニア人どうよう魔道をうさん臭いものと感じている。だが、この辻占い師の占いは当たっている。不吉な占いであるが……。

「そなたは魔道師ギルドの者なのか？」

占い師は答えず、フードの奥から陰気な視線をオクタヴィアに送ってくる。さいぜん感ぜられたものと同じだ。

「私のことを見ていただろう？」

　これには答えが返ってきた。

「比類のない相をお持ちでしたので興味を惹かれました。比類なく高貴な――そのような方にぶしつけな態度をとり、ご無礼をつかまつりました」

　オクタヴィアは左胸をぎゅっと摑まれたように感じた。

（知っている……わたしの身分を……正体をひと目で見抜いている）

　貧弱な体格の占い師をにらみつけ、もうひとたび訊いた。

「パロの魔道師なのだろう？」

「…………」

　依然自分のことは語ろうとしない。

「私はパロにゆかりがある。愛した者はパロの血を濃くひいている」

「存じ上げております。――あなた様はわたくしにとっても特別な方。今宵お会いしたのもヤーンのはからいかと存じます。すべてに絶望しておりましたが、今しばし大国の浮沈を静観することも大事なつとめ、と思い直したところに愚か者たちがやって来たのです。魔道師には、一般の民に魔道の力を行使してはならぬ、厳しい掟がございます。あのまま殺されたとしても、とうとい青い血を後世につたえて下された女神を拝ませていただけたことでよしとするか、と思ったのもたしかです」

マリニアの、体内に流れる青い血の呪縛を思い出させられ、オクタヴィアは身がすくんだ。霊能力者の口から「大国の浮沈」という、ゆゆしい言辞を吐かれたことより、やはり娘かわいさから頭《つむり》がかっと熱をもつ。

「私と娘の《敵》だったら生かしておけない」

オクタヴィアは剣を構えなおした。

「おお、イリスの剣にかかって果てるなら、恐悦の極み、盟友たちよりはるかに幸せな末期を迎えられる――とは思いますが、先に申し上げたように私は静観者に過ぎませぬ。ケイロニアの動勢を見届ける、上位の魔道師からあたえられた命を空しく守るだけにございます」

オクタヴィアは気付いた。この者自身に害意も野心もないことを。おそらくギルドの上層に命じられるまま密偵の任務について、しかし、報告する先がなくなったとはどういう意味だろう？　パロを魔道王国たらしめる魔道師ギルドが無くなるなんて、ダゴンが四方へ風を送る腕をもぎとられたに等しいではないか？

「そなたの言葉の意味がよくわからない……」

「ですから、今わたくしは密偵のつとめを果たせておりませぬ。貴女さまの国に害毒をなす所業はいたしませぬゆえ、お胸を痛めずともよろしいかと」

ますますわけが分からない。パロの魔道師ギルドの魔道師がケイロニアのサイロンにとどまっている、それだけでゆゆしい問題ではないのか？　ケイロニアの施政者として見逃しにしてはならないのでは？

（いかが、なさいます？）当惑はトールも同じらしく、小声で耳元にささやく。

（密偵として護民兵に引き渡し、取り調べを受けさせるべきでしょうか？）

と、そのとき――

絶望し生気のぬけたようだった魔道師から、ふいにびりびりと《気》が発散された。殺気だ。両眼が鬼火のように燃えだしている。

魔道師は両手を上げ指を組み合わせ早口の呪文を唱えた。ケイロニア人には耳慣れぬヤヌスの聖句を。次に、ほどいた手のひらをオクタヴィアたちの頭上に向け、放った。たしかに放ったのだ、光の球を！

打ち上げられた光の球が夜の一画を照らし出す。黒っぽいもやがたなびいている。蝟《い》集《しゅう》する影の正体は蝶か蛾の群に見えた。光球は虫の群のただ中でひときわ強くかがやいた。ケムリソウ花火十個にも相当する強さ。まばゆい光が夜を真昼に変えた。

オクタヴィアとトールはとっさに目をかばった。

と、空から何やらぱらぱらぱら落ちて来た。

強い光はおさまっている。石畳に落ちてきたのは黒い蝶だった。みな翅が焼けこげ動かない。

（この者は――やはり魔道師、しかもそうとうに力のある）

「なぜ蝶の群を殺す？」

「しつれい申し上げました」

魔道師はいんぎんな礼をオクタヴィアに表わした。

「せんにわたくしを敵とお疑いになられたようですが、そやつらこそ殿下の国土と豹頭王を脅かす者の先鋒――でございますれば、今宵、わたくしめがケイロニアの皇位を継がれる方に拝謁させていただいたことを、敵にけどられぬほうがよいと判断したのでございます」

「この蝶が真の敵の手先？」

オクタヴィアは乗馬用の長靴《ブーツ》の先で蝶の死骸を突っつく。

雲をかすみと消え去るわけではない、何の変哲もない虫にしか見えない。

「――そうです。あなた様が治められる国土に、惨禍を産みつけることでしょう」

不吉な占いが当たった怪我人を思い出して、オクタヴィアはかすかに身震いした。

「不吉なことを云うものではない！　助けてもらっておいて」

トールが怒鳴った。

（国に関わることなら耳をかたむけるべきだわ、聞きましょう）オクタヴィアは口早にささやく。

「これまでケイロニアは魔道と無縁の国だった。けれど猫の年から安心の火はかき消されてしまった。黒死病の流行に、黒魔道師たちの闘争が続き、化け物トルクはこの手で仕留めさえした。この上さらに魔道の禍に見舞われるのなら詳しく聞かせてほしい。未然に防ぐために」

「じつに気丈な方だ。そうでなくては女の身で大国を背負おうと思うはずもないか」このくだりは口のなかでつぶやかれる。「未然にふせぐ方策が考えられたなら、わたくしは野良魔道師になど落ちぶれやしません。敵は強大で、悪しき心ははかりしれない。申し上げられるのはそれだけです。これを不吉な占いと受け取られても結構ですが、わたくしは予言者ではありませんので、未来という不確定の要素によって成り立つものを、これ以上あきらかに云いあらわすことができませぬ。どうぞご理解たまわりますよう」

「結局、何を云ってるかわからんではないか」

トールが憤慨気味につぶやく。

「どのような攻撃が予想されるか分からない、と云うことだな。ただ——黒い蝶が尖兵にあたるというだけで」とオクタヴィア。

「そうです、明らかに魔の《気》を発しておりました」

「今は仕える者がないと云っていたな。落魄《らくはく》しているとも——それでも出来るかぎり真摯に語ってくれて有り難くおもいます」

魔道師はオクタヴィアの言葉に感じ入ったように威儀をただし、

「――いえ、先に申し上げましたように、貴女さまは、青き血を後世に繫げて下さいました。聖王家に次いで尊い女性にございます。名乗りが遅くなりましたが、わたくしの名はドルニウス。上級魔道師、ヴァレリウス宰相の命にて動いておりました」

（動いていた……）それは過去形である。

オクタヴィアが不審に囚われているうちに、魔道師は深々と頭を垂れた姿勢のまま、道衣の輪郭姿がかすみだし、数タルもかけず夜の闇に溶け去った。

魔道師が消えてわずかの間、オクタヴィアとトールは顔を見合わせたが、すぐにふたりとも同じ考えに至った。

「今宵見聞きしたことを一刻も早く黒曜宮の豹頭王陛下に報せなければ！」

惑いも不安も胸のおくに押しやって、オクタヴィアは愛馬の鞍に飛び乗った。

夜の街路を風をついて走りながら、オクタヴィアは心の咎めをトールに打ち明けた。

「――皇位継承者の身で、サイロンに夜の遠乗りをしていたなんて、陛下はどう思われるかしら？」

「ご心配なく！　オクタヴィア殿下のご精勤ぶりを、グイン陛下は誰よりもご存知ですよ。がんばりが過ぎてお体が心配だ、と洩らしてらっしゃるくらいだ。もし息抜きにお出でになられるようなことがあるなら、留め立てせず、護衛に専心せよとお命じになったのは陛下なんですから！」

風にかき消されぬようトールは声を張り上げた。

（なにもかも、グイン陛下の黄色い目にはお見通しなのね）

オクタヴィアは内心にため息をもらした。感嘆と同時に、昼夜を分かたずケイロニアの安泰のため、あらゆる面にぬかりなく対策をこうじている、豹頭王本人に心身を休めるひまはあるのだろうか？　労《いたわ》しい気持ちを抱いた。

第二話　豹の目、豹の耳

1

「新皇帝の即位にちなんで、景気を上げるとは実によい考えだ」

グインは口の周囲のひげを汚す羊肉《フラー》の脂をぬぐって、吼えるように笑った。

「ははー、もったいないお言葉、誠にありがとうございます。この上はギルド一丸となりサイロンの景気回復に力を尽くす所存です」

王との会食の栄誉に浴し、豪商エリンゼンはかしこまって云った。

湯気の立つ料理がテーブルせましと並べられている。肉団子を落としたスープ、つぼ入りの煮込み、サイロン名物のカバブー。焼いた肉には薄くのばしたガティが添えられ、甘めのタレを塗って香草といっしょにつつんで食べるとたいそう美味だ。

「グイン陛下、このたびの秘策を考えだしたのはこのリュースなのです。女帝の御代にあやかって、女性向きの品々を売り出し景気の先駆けにするとは、長く商売を営んできた私もいたく感心させられました」

　エリンゼンは、隣に座る若い才能を手放しで褒めた。

「聞くところによりますと、リュースは国王陛下に仕える騎士の一員であったとか……？」

「そうだ。リュースは〈竜の歯部隊〉の一員として、パロ内乱の折りには俺と共に剣をふるった勇士だ」

　リュースは緊張のおももちでいたが、

「グイン陛下――立場は変わりましたが、豹頭王陛下のため、ケイロニア興隆の志にかわりはありません。これより一層商いの道に邁進する所存であります」

　豹頭王を見つめる瞳には騎士の時代に変わらぬ忠誠心がのぞける。

「そうか、リュース――」

　トパーズ色の瞳の光も深い、王とかつての騎士の絆を見せられた思いがして、エリンゼンはまぶしげな目をする。

「サイロンの人的な枯渇は、はなはだ深刻だ。ことに働き手に窮している。騎士から商人に転じる、リュースのような例は少なかろうが、サイロンの活性につながるならば、今後もすすめてゆきたいと思う」

　グイン王はヴァルーサ以外に愛妾をもたぬ。ゆえに後宮は無用の長物になりつつあった。そこで王は働いていた女官や小間使いの半分に退職金を与えた上で、サイロンへの住み替えを推奨した。残りの後宮に残った女たちは、それまでとまったく違う仕事を拝命した。黒死病で親を亡くした貴族の子の母親替わりである。

中原一の宮殿の最も華やかであるべき一画に、幼子たちの笑い声が満ちるようになったのはこうしたわけである。年かさの少年たちは木剣をとって騎士のまねをし、少女たちは庭園の花を摘んでままごとに興じる。そのようすを見てアトキア侯マローンは、

「後宮が慈善院――いえ巨大な養育園に生まれかわったようですね」と嘆声をあげ、改めてグイン王の慈愛の精神に感じ入った。

グイン王が筆をとり書き改めた民法に、「子どもたちこそケイロニアの宝である」の宣言で始まる章がある。

新しく加えられた〈サイロンのみなしご法〉によると、いったんケイロニア王が仮親となった孤児をひきとるには、いくつかの条件を満たした上で試験に通らねばならぬ。この条件だが従来と異なっており、ふた親は必ずしも男女ではなくともよく、場合によっては単身者にも資格をみとめるという革新的な面を持つ。養子の希望者は「実子に変わらぬ愛情を注ぐ」とサリアに誓いを立てねばならぬ。この誓いを反古《ほご》にしたら神罰を覚悟せねばならない。神官にそう念を押されてから、いよいよ子どもに引き合わせられる。それが最終の試験なのだった。孤児と養育者のお見合いにおいて、合否の権利は子

どもの側にあった。そうやって孤児と養育者に新たな絆がむすばれた後も、係の役人たちは、引き取られた先で子どもが虐待にあっていないか、奴隷替わりにこき使われてはいないか、気をかけ目を光らせた。

中原最良の養子縁組制度は、ひとり娘を亡くしたエリンゼンに一度にふたりの子——姉と弟——を授けていた。

「おかげさまをもちまして、リリアナとハンスは私を『父さん』と呼んでくれるまでになりました。はじめて呼ばれたとき、つい涙ぐんでしまいましたよ。ふたりともほんとうに優しいよい子で、亡くなったマリーゼのほうが年下なもので、『ちいさなちいさな妹』と呼んで毎日のように墓に花を手向けてくれるんです。ほんとうによく出来た子たち、陛下から頂戴した新しい宝物です……」

初老の豪商の感謝に潤んだ目を、豹頭王はしずかにうけとめた。

エリンゼンはギルドをとりまとめ五百ランの義援金を携えていた。

そのあとでリュースが、即位式に出席する際に、下級貴族の娘や、あまり身分の高くない女官たちのため一案を申し述べる。

「〈女神宝石店〉の装飾品を無償でお貸しいたしましょう。委細を記したチラシを置かせていただきたいのですが、お許しいただけますか」

「女官たちは喜ぶにちがいなかろう。しかしそれでは手間がかかるだけで、店の利益にならぬのではないか？」

「ご心配には及びません！　宝石が気に入った場合、買い取れるようになっております。分割で支払う仕組みを、チラシに記しております。女性はひとたび肌につけた宝石に情を移すもの、とは実地に学んでまいりました。世紀の式典を商用にお借りするのも恐れ多いですが、〈女神宝石店〉はイリスの女神の加護を受けるでしょう」

豹頭王は目をほそめ、

「その半年間は黒曜石の廊下に磨きがかかることだろう。リュースはまさに景気の申し子と云ってよいな」

「ほんにリュースの商才は、ギルドの至宝と云えますなあ」

エリンゼンは〈ケイロニアの至宝〉アルリウス王子にかけて讃えたのである。

小姓頭のシンが食後の茶を供しにきた。クムから献上された花茶である。夜光杯の中で、淡い金の花びらがゆるやかに開花し芳香をはなつ。

リュースは、花茶を卓に置いて顔を上げる。さいぜんまでの晴れやかな表情を曇らせ、声の調子もよどんでいる。

「……陛下、おそれながら。黒鉄鉱値上げの噂を小耳にはさんだのですが」

この件を話題に上げても、豹頭王の大人《たいじん》の態度は微塵もうしなわれはしなかった。とはいえ、黒曜宮のうちで憤りをおぼえない者がいない、というほど不当値上げは知れ渡っている。

「ロンザニア選帝侯を誹《そし》るつもりは毛頭ありません」

若く生硬《せいこう》な顔には非難の色も、商人の神バスをたてにとった揶揄《やゆ》も浮かんでなどいなかった。――ちいさな気付きを得た、と云うような表情を、この騎士あがりの若い商人はしていた。

「陛下、黒鉄鉱と聞きまして思い出されたものがあります」

グインはリュースの顔を注意深くみつめ、

「それは？」

「歌です」

豹の目に興味の光が灯された。

「わらべ歌の節まわしですが、もしよろしければ、この場にてお聞かせいたしますが」

「歌ってくれ、リュース」

黄金《こがね》なら真冬のナタールを浚《さら》ゃァいい、指先こごえるけど
黒鉄《くろがね》ならロンザニアの山を掘りァいい、すすで黒くはなるけど
白金《しろがね》ならケイロン城趾を訪ねりァいい、城の幽霊こわいけど

一風変わった歌詞だが節まわしは単純だった。わらべ歌と云えそうな歌に豹頭王の丸い耳は注意ぶかく傾けられた。

「──お耳汚しをいたしました」

「いや、よい声であったぞ。とある吟遊詩人を思い出した。──戯れ歌というのは？」

「は、はい、たぶん……。うちの女将さんが算盤を弾きながらよく歌ってまして、ふだんはなんということもなく聞き流していたのですが、ロンザニアの件で急に思い出しまして──陛下の御前でご無礼申し上げました」

今さら羞恥心を感じたらしく、リュースはしきりと頭を掻いている。

下町の路地で子どもたちが口ずさんでいそうだが、歌詞は宝石商が代々歌い継いでいてもふしぎはない。ケイロニアの黄金は大部分がナタール河下流の砂金から得られる。黒鉄──黒鉄鉱と云えば当然ロンザニアだ。ケイロニアの主だった鉱山の産地が歌い込められている。

グインはいぶかしく口吻をゆがめ、

（白金はイリスの金と呼ばれる、稀少かつ高価な金属だ。ケイロニアに産出地はいまだ発見されておらぬ）

「──リュース、宝石店の店主に、その歌の由来を訊いてくれぬか？」

「は、陛下、承知しました」

姿勢を正していらえる若い商人は、すっかり騎士の時代にたちかえっていた。

グインのもとに、オクタヴィアとトールがやって来たのは、商人たちが辞去してから間もなかった。

「今宵、サイロンで見聞きしたことは、尋常ならざる事態あるいは兆しに感ぜられましたゆえ、いち早くグイン陛下の耳に入れるべきかと判断いたしました」

オクタヴィアの美貌は強ばっていた。

帰城してまずまっ先に愛娘の穏やかな寝息を確かめに行ったので、男姿のままである。

「サイロンにおいて——」

グインはしずかに問いかえす。皇位継承者の「夜の遠乗り」の件についてはわずかに咎めだてるふうも見せない。

「何があったのだ？」

オクタヴィアは、思い出せるかぎり精確に、タリッドで辻占に身をやつしていた魔道師の言動をグインに話した。

聞き終えたグインの目には強い興味と感慨とがあった。

「パロのヴァレリウス卿の下で働いていたと申したのだな」

「はっ、はっきり名乗っております」トールは言葉をつよめる。「そやつの、急に火の玉を打ちだしたり、あっと云う間に消え失せたりする術、魔道師の技にちがいないと確信いたしました」

トールはパロ内乱とグインの探索行とで、魔道師を実際に見ている数少ないケイロニア人である。ドルニウスという魔道師には、そこそこの力があると感じていた。

オクタヴィアの不安の核心は当然ながら「不吉な占い」にある。

辻占は当たらぬもの、悪質な手合いはことさら悪い卦を出してみせ、顧客の不安を募らせ金品をせしめるもの。常套のようなものだが、今宵まみえたのは、そのような凡百の占い師ではない。真物の魔道師だった。トールの確信はオクタヴィアの不安を煽ってもいた……

「黒い蝶がケイロニアの国土に惨禍を生みつける、そう云ったのだな」

グインは確認するようだった。

「そうです」オクタヴィアは声の震えをおさえつける。

「黒い蝶――」トパーズ色の目がきらりとした。「大喪の儀の折り、パロの使節が魔道によって生じさせたのも黒いちいさな蝶であったな」

オクタヴィアは、あっと声を上げそうになった。黒曜の間の高い天井まで舞い上がり気味悪くわだかまっていた影たちに、焼き殺され落ちて来た死骸が重なりあったからだ。

「似ています！　同種の蝶に思えます」

「パロ――パロの使節が悪いものを放ったと云うんですか？」

トールは信じられないという顔つきになる。パロがケイロニアにあだをなす理由などあるはずがない。グイン王は聖女王リンダを内乱の渦中から救いだした云わば救世主だ。

「リンダ女王がそのような指図をするはずはない。なんらかの経緯があって、くだんの使節が遣わされたと俺は考えている」

グインは鼻にしわを寄せていた。陰謀とは云われなかったが、オクタヴィアの胸はおさまっていなかった。

「ドルニウスから悪意は感じられませんでした……。むしろ私とマリニアを案じるかのようでした。いえ、パロ人でありながらケイロニアのために、影なす者を告発するかのようでした。今はギルドに縛られていないと云いながら、パロ聖王家への忠誠心はなくしていない。黒魔道に堕ちた者にはとうてい思えませんでした」

オクタヴィアはぞんがい気安く「黒魔道に堕ちた者」と云ったが、言霊の威力がトールの背筋をぞくぞくさせる。黒竜将軍としてパロに従軍して遭遇した数々の怪異がよみがえったからだ。黒魔道師ならば武人にとって最悪にやっかいな敵となる。もとよりドルニウスは特別な会話法をもちいたらしく、マリニアと青い血についてのくだりはオクタヴィアだけに向けて話されていた。

「仮にパロでよこしまな魔道師が勢力を得て、ケイロニアに触手を伸ばしてきたというのなら……」トールは無骨な顔をこわばらせる。

豹頭王の答えは毅然とゆるがない。

「伸ばされた触手は切り放つ。害毒をおよぼすものと分かればただちに殲滅する。ケイロニアを守る者のつとめだ。――ドルニウスからことをくわしく訊けるとよいが」

「密偵ではないと云いながら、ヴァレリウス卿――パロの宰相の下で働いていたと云いました」オクタヴィアは眉を曇らせ、「働いていた、過去形だった点が気にかかるのです。まるで異邦に見棄てられ、絶望から自棄になっているようにも思えて……」

「野良魔道師と称していましたね。ヴァレリウス宰相の部下でありながら矛盾しているとは思いました」トールは首をひねる。

「密偵の任務に就いていない、という言葉は信じてよかろう。魔道師には常人とは異なる行動規範がある。ときに非人間的に思われるほど合理性をつらぬく。常人が嘘をつくのは何らかの利益のためだが、魔道師は巨大な企図のためにならぬ虚言はろうさぬものだ。――容易に逃げ去れるのに、密偵でないと云うまでもなかろう」

「それもそうですね」とトール。

オクタヴィアは会話の間も不安をつのらせていた。

（魔道師の言葉の奥に……はっきりしなかったけれど、ケイロニアに惨禍がふりかかる前に、パロに悪いことがあったような意味あいを感じたわ。マリニアがパロ聖王家の血筋をひく最後のひとりになったような……）

　それが何を意味するか？　パロに戻っていったマリウスが何か災禍に巻き込まれ命を落としたのでは。まさかと思いながら、いったん胸に巣食った不安は、蜘蛛の糸を吐きつづけ最悪のかたちに巣を編みあげる。

（そんなはずがない！）オクタヴィアはかかった蜘蛛の巣をふり払うように銀髪を振った。（パロには聖女王リンダさまがいらっしゃる！　ケイロニアの騎士が派遣されているし、そうよ！　ワルスタット侯が駐在大使として行かれているわ。もし何かあれば即座にケイロニアに報せがくるはずだわ）

　太陽侯の笑顔を思い出して、不吉な予想を消し去ろうとする。

「オクタヴィア殿下、懸念が消えぬのだな？」

「もし、これはもしもの場合ですけど、隣国に――和平の協定をむすぶ国に、危難があった場合、ケイロニア王はどのように対応されますか？」

「ケイロニア王として――？　隣国とは、パロをさしているのか」

　オクタヴィアは答えなかった。

「パロ聖王家と魔道師ギルドは中原に重大な位置を占める機関だが、ケイロニアにとっては共に干渉のはばかられる領域に存在している」内政不干渉の立場を強調してから、「ケイロニア王は、亡きアキレウス大帝より国王騎士団の全権指揮を委譲されている」

グインはかみしめるように云った。「もとよりケイロニアには他国の乱に干渉すべきでない、という政治理念があり、アキレウス大帝も内政不干渉をつらぬかれていらした」

「でも、パロ内乱には出兵したわ」

「パロ内乱は例外だった。一国の政事の乱れにとどまらなかったのだ。その禍に中原すべてが呑み込まれる怖れを感じ、俺から挙兵を大帝に進言したのだ。正規軍による軍事介入は他国からすれば大国の傲慢にうつったかもしれぬ、だが結果的には大帝陛下のご英断が勝《すぐ》れた。パロの内乱は終結し——暗雲はとり払われた」

しかし、中原の平和と引きかえのように、豹頭王は出兵してからの記憶をうしなった。パロ滞在時からさまざまに療治が試みられたが、記憶は不完全なままケイロニアに帰還した。その後、クムの剣闘士ガンダルや、タイスのマーロール伯についての記憶はよみがえったが、いまだ欠落した部分は多く治療が続けられている。

「国力の回復はまだ不十分だ。ケイロニア大元帥としても大規模な挙兵は今は避けたいところだ」

ケイロニア大元帥のこの言葉の裏に、即位式にかかる費用を思いはかって、オクタヴィアは胸を痛める。

(それでも……やはり……心配でならないのは、マリウス——マリニアの父親の安否)

「私は心みだれているようです」

自嘲的につぶやくオクタヴィアに、トパーズのまなざしが注がれる。心中にしみ通る深い光であった。

「オクタヴィア・ケイロニアス、貴女の不安は、深い情愛の裏返しだ。それも君主の資質のひとつだ。ケイロニアの未来には君主がその手にかざす灯火が不可欠だ。ときに風ははげしく鳴るだろう。だが貴女の本質にある炎を吹き消すことはない」

オクタヴィアは、はっとしてグインを見返す。豹頭がうなづきかける、寛容と優しさが偉大な王者の資質を感じさせる。

（リンダ女王とマリウスはグイン陛下の友人でもあるのだわ！）

ケイロニア大元帥があえて「大規模な挙兵はない」とした言葉の意味にオクタヴィアは気付く。深い友誼《ゆうぎ》がこめられていることに。

（グイン陛下、国を司るということは、ときに個人的な悩みや懸念さえ後回しにしなければならないものなのね？　おお、そうだった。シルヴィアの事件で陛下はどれほど悩み苦しんでいらっしゃるか！　そのシルヴィアもシリウス王子も未だ安否がしれない……）

ここでふいにグインの視線は天井に向いた。虫一匹いないことを、確認するように四隅をにらんでから、つぶやいた。

「ドルニウスという魔道師に会ってみたいものだ」

＊　＊　＊

イリスの刻は深まり、真夜中にほどちかい。

グインは居室にひとり、巨大な神像のように身じろぎもせず座していた。双眸は伏せられ、トパーズの瞳に影を落としている。

石像のような外面に反して、豹頭のうちでは、いくつもの事件と情報とが唸りを上げて廻転している。

（ロンザニアの黒鉄鉱）

（ツルミットの離反）

（黒い蝶がケイロニアの国土に惨禍をもたらす）

（即位を前にしたオクタヴィア殿下が心をみだすこと）

（落魄の魔道師ドルニウス……）

それらはケイロニアの諸処で発生し、表面上の繋がりは見えないが、大国の経済や再興をさまたげるという点では共通している。

（偶然なのか？）

見えざる神の手が、運命もようを織り上げるとき、選ばれた人間を糸の先端にして、片手に偶然というおさを持つという。

(——否《いや》)

いぶり臭い不快な感覚が、王の後ろ首の毛を逆立てる。

(ヤーンの御心とは思えぬ)

ばらばらに起きている出来事の後ろに、人や資源、国土さえ随意にあやつろうとする

——あやつるだけの強大な影の力《ダーク・パワー》を、王の直感はとらえている。

瘴気じみて病んだ妄念の主が、罪なき民に悲しみと絶望をもたらす。復興を遂げつつある大国にふたたび蛇のような指をからみつかせ、災禍の淵にひきこもうとする。戦慄と共に瞋恚《しんに》の炎がふきおこされる。

(この魔道の《気》は、グラチウスのものなのか?)

中原をおのれの庭に見立て攪乱する齢八百歳の黒魔道師。世捨て人ルカの言によるならば、「シルヴィアを闇の聖母」に仕立てようとしている。水害で行方知れずのシリウスにも、すでに魔手は及んでいるのかもしれぬ。

シルヴィアがサイロンの地下酒場から拉致された三日後、黒い箱馬車がダナエ選帝侯領に入っていった情報を、国王騎士団の諜報部隊から受けている。ダナエ領から先の馬車の足どりは不明。ダナエに留まっているのか、他国に逃れたか——。旅行手形には「旅の商人」と記されていた父娘が、シルヴィアの変装であったのか分からずじまいだった。

（足らぬ――情報が足らぬ）

一軍を指揮するようになったときより、グインは情報をこそ頼りにしてきた。一見水面に立つちいさなさざ波にしかうつらぬ、ささいな事変から、大国をさえゆるがす陰謀をつきとめてきた。

二度のユラニア戦役で、シルヴィアの探索行で、パロ内乱においても、高度な情報戦術は多大な成果をもたらした。戦局を有利にはこび、味方の被害を最小にとどめて、大国に勝利をもたらしてきた。ケイロニア軍の頂点にあって、一国上にとどまらず中原全体にその情報の網をはりめぐらそうと努めてきたグインである。パロ内乱の前夜、大帝に進言したのも絶対の確信があったからだ。鉄壁の情報網も災厄によって、いささかの綻《ほころ》びを余儀なくされたが――

黄玉の瞳のかげりがわずかに晴れた。

奥の間に備えられた伝声管を、巨きな掌《たなごころ》につかむ。

「カリス、至急まいれ」

グインは居室に諜報部隊の精鋭を呼び寄せた。

漆黒の鋼に身を鎧い大剣を振り下ろすばかりが豹頭王の騎士ではない、旅の吟遊詩人や商人に身をやつし諜報活動に励む者たちは、〈豹の目、豹の耳〉ともなって大国を陰で支える。リュースもまたそのひとりだったのだ。

2

灰紫にかげった空に、険阻な峰がつらなっている。

山並みは異様に黒く見える。頂きから山裾までが黒っぽい火成岩に覆われているのと、きわめて緑がすくないからだ。木々とすべての植物の神アエリスに見捨てられたかのような連山。西の空にかたむくルアーの光を浴び、いっそう黒々と存在感を示している。

「お〜ら、おら」

山路に野太い声がひびく。

一団の男たちが勾配の急な山道を、驢馬《コーコ》に荷物をくくりつけ引いてゆく。男たちはみな肩がむき出しの粗末な革服を身につけている。狭い道の片側は山肌が切り立っており、反対側は足をすべらせたら最後たちまちドールの地獄ゆき、という深い渓谷。そんな危険な道をそろそろと、奴隷と大差がない人夫たちは列をなして下っていた。

「気をつけろ。ここらは特に道幅が細くなるぞ」

「わかっているともさ。それにしてもしんどい所だ。あそこに突き出ている岩なんか、いまにも転げ落ちてきそうだ」
ロンザニアのほぼ中央に位置し《黒い山》と呼ばれている。道は旅人の安全をはかるものではない。その昔——ケイロニアに小国が割拠していた時代、この山にしか産出しない鉱石を運ぶ、そのために設けられた道だ。その何百年かの間に、山道を拡張したり、植生の少ない山ゆえ頻繁に起こる地くずれに対する防備はなされず、鉱山労働者たちは、荷馬車が通り抜けできない、危険と隣あわせの道を、採掘された鉱石を小分けにして驢馬の背にくくりつけ運ぶ。きつくて、つらい重労働である。

しかも——

「急げ！　もっと足を早めぬと、ルアーが落ちるまでに製錬所に着かぬぞ」

鉱山の監督官の容赦ない声が鞭のように振るわれ、先を急がせようとする。しかし下り道が登りよりはるかに危険なことを、いちどでも苦役についた者はよくわかっているから、どんなに叱咤を浴びせられようとも慎重さを欠くことはない。

現に——

半月ほど前、新入りの人夫が、監督官に激しく面罵され、役立たずと見做されたかと慌て、驢馬の手綱を強く引きすぎたために、驢馬を暴れさせてしまった。押さえつけようとしたが、後ろ足で強く蹴りつけられ、そのまま谷側に滑落し命を落としている。悲鳴をあげて落ちてゆく若者を見ていながら、監督官は眉ひとつ動かすでもなかった。

がっちりした体格の男で、細くつり上がった目が、酷薄さと同時にキタイ人のような印象をあたえる。

「愚かものめ、急げと慌てろ、の言葉の意味をとりちがえおって。――しかし、驢馬と荷がぶじだったのは何よりだ」

この言葉がロンザニア鉱山の非情な現実を物語っている。ここでは黒鉄鉱の価値は人夫の命よりはるかに重いのだ。

(前の監督官はずっと情のある人だったがな)

古株の人夫がそばに居た若い者にささやきかけ、空を仰ぐ。

落日の空は赤というより、赤黒く染まってきていた。からす《ガーガー》が不吉な鳴き声をあげてねぐらへ帰ってゆく。

(空模様まであやしくなってきたぞ。風も凪いでいるし。もしダゴンの手が雲を摑んでぎゅっと絞ったら……一雨くるかもしれん。ほんとうに慌てず急がないとまずいかもしれない)

こんな山道で驟雨《しゅうう》に遭いたいと思う者はいない。

「お〜ら、おら」

人足たちのかけ声には、一ザンでも早く、ぶじに帰り着きたい、必死の願いがこめられていたのだ。

ようやく製錬所に着いたかれらを待っているのは、驢馬から鉱石をおろして運ぶ重労働である。鉄鉱の原石はきわめて重い。しかも製錬所の中に入るやいなや、ドールの地獄もかくやという熱と異臭に取り巻かれる。ほぼ中央に高い櫓《やぐら》を組んで、地獄の釜ならぬ高炉が据えられているのである。大量の石炭を燃やして熱風を送り、鉱石を溶解させている。炉に生みだされた蒸気熱によって、十タルザンもいれば半裸の人夫たちは汗みずくになる。

このロンザニア製錬所こそ、ロンザニアが――ケイロニアが誇る黒鉄鉱の生産の場であった。

高炉は、さしわたし十タッドはありそうな巨大な円筒形であり、中には溶けた鉱石が灼熱のルアーの色をして煮えたぎっている。この銑鉄から、さらに不純物を取り除き、剣や甲冑や――さまざまな用途に加工する。ロンザニア選帝侯はこの技術を独占している。

製錬所の煙突からは絶えることなく黒煙が立ちのぼっていた。撒き散らされる煤《すす》によって製錬所はどこもかしこも、むろん働く者の顔も体も黒く汚れている。鉱業と鍛冶をなりわいとするロンザニア侯が《黒い山》を印章として使っているのは、連山の底から苦労して採掘してきた鉱石を、ふいごを使って火をかきたて、汗にまみれてきた先祖の労苦のよすがではあった。農耕に適する平野面積が少なく、森林資源にもあまり恵まれていないロンザニアでは、《黒い山》が産する鉄鉱石は国の宝に他ならない。

製錬所からほど遠くない場所に、針葉樹の人工林をはさんで、瀟洒《しょうしゃ》な城館が建てられている。黒煙と煤は人工林にうまくさえぎられ、白亜の城壁はくすみない輝きをたもっている。苦役についている人夫たちには雲上の宮殿にうつるであろう。

ロンザニア選帝侯の出城であった。城壁は砦のように高く堅牢、城内にはいくつもの広間と大食堂、たくさんの豪華な部屋を備えている。

その部屋のひと部屋で――

壁は鮮紅のびろうど張り、派手やかな絵模様の緞通《だんつう》が敷きつめられ、キタイふうの幻獣があやしく躍る巨大な陶器が飾られている。どぎつい色調と奇をてらった装飾は、選帝侯にふさわしい品位を残念なくらいひき下げていた。

どっしりした樫のテーブルを三人の男が囲んでいる。ケイロニアの質実と剛健をそのテーブルだけが主張しているようだ。出城の主であり、鉱山と製錬所の総責任者であるロンザニア選帝侯カルトゥスの顔は苦々しかった。

カルトゥスは手にした書状をぞんざいに投げ放った。

「ふん、大仰に。ハゾス・アンタイオスめが」

憤りもあらわに、どかりと、絹張りの肘掛け椅子に腰を落とす。

ケイロニア宰相ハゾスからの書状を、他のふたりは立ったまま見つめ――精読しているようだ。

「今朝使者が来た。――高すぎると、せんに通告した黒鉄鉱の値段が高すぎると文句をつけてきおった。これだけ大きな値上げには、もっともな理由があるはず、それを明白に提示しなければ値上げには応じられぬ、と云ってきた。値上げには応じられぬ？　文章からして偉そうな」

カルトゥスは訴えかけるようだが、相手は鉱山の監督官である。本来なら選帝侯と同室も許されない身分の者に、ロンザニア選帝侯たる者が内心を吐露するとは奇異である。酷薄な人相の監督官は衣装をあらため、髪も整え、貴族の一員であるかのようにとりすまし、キタイ志向のあからさまな部屋になじんで見える。

黙っている監督官に向かって、カルトゥスは苛立たしげに書状の一文を指し、

「その上でハゾスは、嫌みたらしくも、それともロンザニア選帝侯におかれては、今回の件を把握されていらっしゃらないのか？　鉱山の責任者の一存なのか――今回の大幅な値上げのいきさつを聞かせてほしい、と書いてきておる」

書面を追っていた監督官の目が上げられた。

「ロウエン、お前も感じるであろう？　宰相職をふりかざすハゾスの一言一言からロンザニアへの悪意と蔑みを」

ロウエンと呼ばれた監督官は一切感情を表立てずに、

「――おそれながら、ケイロニア宰相ハゾス・アンタイオス殿におかれては、どうやら世評ほどの切れ者ではない、とだけ感ぜられました」

「わしはハゾスの評価をしているのではない。わしが不安……ああいや問題にしておるのは、ハゾスめが、ロンザニアまで赴き、製錬所を見学したいと云ってきたことだ。製錬の過程をこまかく見知った上で、値上げは妥当でない、とけちをつけてくる腹であろう？」

「それをして切れ者の証しとはいえませぬ」ロウエンは落ち着き払ってつづける。「部外者が製錬の過程をつぶさに知ったとして、何が解るというのでしょう？　言葉を替えるならば、わがロンザニア製錬所の運営に一点のくもりもありはしませぬ。従来からの製錬技術を見直し、改良に改良を重ね、無駄を省いた製法によって、生産性の向上につとめて参りました。それについては、宰相であろうと、ケイロニア国王その人の視察であっても、怖れるところはありませぬ。また黒鉄鉱の加工品の値は、およそ二十年にわたり値上げらしい値上げはしておりません。その間、国家の産業に寄与を惜しまなかったロンザニア選帝侯閣下の誠意を理解していない点からして、サイロンの黒曜宮は手前勝手の恩知らず、加えて国庫金を目減りさせまいと腐心するだけの、国事に携わる資格も才幹もない、能無しとはハゾスのような人物への呼び名である、と私は思います」

口調にわずかなよどみもない。一国の宰相を悪しざまに云いながらも、物腰はいんぎん、人夫を罵倒していたときとは別人のようだ。ただし細くつり上がった目は酷薄さを増している。

「さらに申し上げるならば、ランゴバルド出身の人間に、ロンザニアの歴史であり伝統であり国の宝である、黒鉄鉱の大鉱脈を所有されていらっしゃるケイロニアの鉱山王、カルトゥス陛下の御本心をはかり知れるはずもありませぬ」

「わしの本心か……」

王だの陛下だの、持ち上げられて、カルトゥスは浅黒い顔にまんざらでもない表情を浮かべる。

鍛冶の一族を出自とするロンザニア選帝侯は、十二選帝侯でも格が落ちるとされてきた。黒曜宮の宮廷において、あからさまに不平等な扱いを受けたわけではない。が、選帝侯同士、ときには皇帝家と選帝侯の間でくり返される縁組み、血縁という絆を深める仕組みから、「煤かぶりの一族」がはじかれてきたことは歴史に証される。

過ぎし猫の年、黒死病前の新年の祝賀会において、アキレウス大帝は、娘婿のケイロニア王グインに内政から軍事にいたる一切の実権を委譲した。先代アトキア侯ギランが老齢を理由に隠居し、跡目を長男のマローンに継がせたいと、大帝に願い出たのもこの祝賀の席である。大帝は心よく承諾し、グイン王は新アトキア侯マローンを要職に就けている。さっそくグイン王による側近がための始まったと囁かれたものだが。

たしかに選帝侯を継いだばかりで、ケイロニア王から破格の抜擢を受けた、若く端正な貴公子には何かと注目があつまった。憶測は文武や政事面における才覚にとどまらぬ。貴婦人たちは待ってましたとばかりに「どちらの姫君がふさわしいかしら？」さえずり交わした。

ロンザニア侯カルトゥスは正妻との間に一男二女をもうけている。末の娘は早い時期にポーラン伯爵と縁談がまとまったが、二十歳になろうという長女のエミリア姫の婿は決まらずにいた。器量や性格に難があったのではない。色白で黒い瞳の美しい娘であるが、「婿には選帝侯をむかえさせたい」という親の願いが逆に婚期を遅らせていた。

アトキア侯マローンが誕生したのはその折りだった。宮廷を見回して年回りがちょうどよいのはエミリア姫、無責任な外野の声もちらほら聞こえてくる。娘の器量自慢、娘可愛さ、それにロンザニアとアトキアの縁組みが成ったなら快挙である。ロンザニア侯夫人がアトキア侯マローンとの縁組みに、情熱を傾けたのは無理も無い。

しかしここで大いなる災難が見舞う。黒死病の流行。サイロンで救護活動に従事するマローンに、再三にわたってロンザニア侯夫人から送られてきた「自慢の娘の肖像画」を開いてみる心の余裕などはなかった……。

黒死病が終熄して後、黒曜宮の催しで夫人から「エミリアの肖像をご覧になって頂けまして。会食の日取りはいつがよろしいかしら？」と、にこやかに話しかけられた際、マローンには珍しくややつっけんどんに「わたくしに結婚の意思はありません。サイロンを立て直すこと、豹頭王陛下の補佐をつとめることで今はいっぱいなのです」と答えたのだ。マローンに悪気はなかった。一本気なのと若さゆえ、政務以外のすべてが雑音に聞こえる、そんな時期だったのだ。

この一幕を見て宮廷すずめたちはさっそく、「やっぱりだわ。アトキア侯とロンザニア侯では家柄がちがい過ぎるのよ。ロンザニア侯の奥方はとんだ赤っ恥をかいたわね」と意地のわるい笑いをもらした。

不幸としか云えないこの一件で、夫人は「宮廷中に馬鹿にされたー！」とヒステリーを起こし、当のエミリア姫は青ざめ部屋にとじこもりしばらく出てこなかった。遠くからかいま見る若き選帝侯を憎からず思っていたのである。

カルトゥスは家長として情けなくも腹立たしく、近習どもにさんざんマローンの悪口を云ったが、ねじくれた心情は劣等意識とも結びつき、先代のギランが娘を嫁がせたランゴバルド侯ハゾスにまで悪感情は及んだのだった。

（ランゴバルドとアトキアは結びついても、煤かぶりのロンザニアとの縁は願い下げだというのか!?）

ロウエンから黒鉄鉱の値上げを提案されたとき、ハゾスやマローンに苦汁を舐めさせ、遺恨を晴らすよい機会だと胸のうちで快哉をあげた。

ハゾスが不当だと云ってきている値上げ率についても、どのようにして算定されたか、近年鉱山と製錬関係にたずさわっていないカルトゥスはあずかり知らぬ。

ロンザニア侯の先祖は、黒鉄鉱の鍛冶の技術に心血を注ぎ、《黒い山》を一族の誇り——象徴として崇めてきた。だが何代目かの選帝侯が、平地のアンセニウムに主城を築いてからは、危険と隣あわせの鉱山道に分け入ろうとする選帝侯はいなくなった。カルトゥスも同様である。

「煤かぶり」という蔑称をケイロニア皇帝がつかうはずもなかった。代々の皇帝は、黒鉄鉱の製錬技術が中原の強国の座を確立させたとして、ロンザニアの鍛冶の技を尊び、一族に敬意を払っていた。ロンザニアの祖先の霊が真に憂うべきは、ロンザニア侯カルトゥスが「煤に汚れるのは嫌だ」と製錬所から足が遠のき、先祖の功績をないがしろにし、心ない蔑視にしらずしらずに同調していることであるが。

カルトゥスが、ロウエンから話を切り出されたのは、深夜の密室だった。ロウエンは火酒を持参してきており、何杯か酌み交わすうちに、あまり酒に強くないカルトゥスはほどよく酔いがまわってきた。手回しよく懐から取り出された書状に、先代ロンザニア侯から伝わる《黒い山》の印章を捺したのだった。

そうして決定した黒鉄鉱の値上げである。ゆえにハゾスが敢然と「値上げの率が高すぎる」と、値上げの理由を問い質してくると、内心おたおたして、一介の鉱山監督官にすがる格好になってしまう。

「鉱山を採掘し運搬し、製錬する人足の数が絶対的に不足しております。若く、たくましく、使える働き手を集めねばなりませぬ。そのためにはまず賃金を上げねばなりませんし、仲介者もこれまで以上の礼金を求めてまいります」

ロウエンの回答は簡潔で綻びは見いだせぬ。

カルトゥスはこほんと咳払いをして、今さらのように威厳をとりつくろうと、もうひとりの人物に向いた。

「ラカント卿はどう――どのように感じておられるかな？　ハゾスの書状の意図、それに視察の予告については」

「わたしがどう思ったか、ですか？　そうですねぇ」

さわやかな声音は、かすかに笑いを含んでいた。

ロンザニアの人種は総じてがっちりした浅黒い者が多いが、この男はちがった。金髪白皙。すらりとした長身はイトスギの若木を思わせる。貴公子とも呼べそうだが、ロウエンとはまた違う意味でくせのある人物だった。

「カルトゥス殿が脅しだと受け取られるならば、まちがいなく恐喝文でしょうね。ロンザニアを脅かし、サイロン――中央の政権の優位を強調せんとして書かれた、知恵者とは云われるが、内実は短慮で偏執の気が強いケイロニア宰相の思惑が透かし見えます」

ラカントの言葉は、カルトゥスが抱く不安を云いあて、さらにハゾスの正式な抗議の申し入れを恐喝と決めつけ、強権を発動したとして中央を悪者扱いする。当然ながらカルトゥスの不安はなだめられ、みずからが責任を追うべき黒鉄鉱の利上げの正当性を確信する。悪者はハゾスであり、ハゾスを登用するケイロニアの中央政権である――と

「小国の王」が思い込むよう巧みに誘導してのける。

「それにハゾスの後ろに控える豹の策謀がぷんぷん臭ってきます」

ラカントは柔和な表情で悪意ある言辞を繰り出した。

「おお、第三者であるラカント卿が思われるなら、これ以上たしかなこともない。この書状はハゾスからの恐喝文だ！」

第三者――その言葉どおり、ラカントはロンザニアの人間ではない。ワルスタットからの使者である。ワルスタット侯ディモスの密書を携え、ロンザニアに遣わされていた。

密書の内容はとんでもなかったが、カルトゥスはかけらも誹謗とは思わなかった。むしろ――重い緞帳《どんちょう》の裏をすかして漏れだしていたものを、快刀が断ち落としたかのように感ぜられた。皇位継承者を決めるササイドン会議において、またアキレウス大帝の大喪においても、暗然と進行していた陰謀……。口にだすのも憚《はばか》られる、ゆゆしき陰謀と黒幕をワルスタット侯は告発したのだと思った。

カルトゥスは顧みずにいられない。ダナエ侯は「ケイロニア独裁」に言及しかけたか

ら毒殺されたのではないか？

決定的なのは、生死不明とされるシルヴィア皇女が男児を出産していた、という事実が隠蔽されていたことだ。云い繕いなどできぬたくらみだとカルトゥスは思った。妃の不義の妊娠を豹頭王が知らなかったとは信じられない。記憶の障害など云いぬけにもほどがある。

大喪に集った者たちが、オクタヴィア皇女に剣を捧げ、女帝に押し上げようとする熱狂を、カルトゥスは冷ややかに見ながら広間を後にしたのだ。

領地にもどってから十二選帝侯として施政に参与する気概もうせ、ハゾスやケイロニア王からの招集に応じず、疑惑と不安をつのらせるばかりでいた。選帝侯殺しへの追及さえなおざりにした。

ラカントはその頃あいに、目通りを願い出てきた。ディモス直筆の密書には、はっきりと「アキレウス大帝亡きあと、グイン王を中心に、一部の選帝侯だけが利権を得る構想が出来上がりつつある」とあった。

さらに黒曜宮中心の施政から、ロンザニアははじき出され、以降黒鉄鉱を主にした産業の取引条件は不利になるであろう、とカルトゥスが何より怖れていることが綴られていた。

「ロンザニア侯カルトゥス殿は、独裁者たちから自国の資源を守る使命と大義がおありになります」ラカントはつづけた。「この度のハゾス云うところの査察について、深慮と備えが必要になると思いますよ」

ワルスタット族でありリュイエル城を預かるこの男には、ディモスに似たところがあるが美男とまでは云えぬ。のっぺりした顔立ちが仮面のように見えるときがある。

「裏があると云われるか、査察にあたっては、ロウエンに一任する考えでおるが……」

心もとなげなロンザニア侯に、ラカントは微笑んだ——いや、くちびるの両脇をつり上げるのが癖なのだ。

「ハゾスを侮りすぎるのもよくありません。悪だくみには長けた男だ。査察前に黒鉄鉱について一通り調べ上げ、製錬所や、人夫集めの件についても事前に情報を集めていることでしょう」

「うぬぬ、そうであるなら油断できぬ」

言葉はいかめしいがカルトゥスの目はロウエンをすがっている。

「カルトゥス陛下、心配なさる点はひとつとしてありませぬ。わがロンザニア鉱山と製錬所は、かつて一度たりとも道理に外れた行為はしておりませぬ。たとえケイロニア宰相であろうとも、非の無いものから欠点を見いだすことなど出来ませぬ」

「この世で、無いものを無い、と証明するより至難のわざも無いですからね」

ラカントはかるい調子で云った。ロウエンはこめかみに不快な筋を立てたが黙っていた。

　ラカントはつづける、にこやかな緊張を欠いた表情で。

「私が指摘したいのは、ロウエン殿が役職をかさに私欲をむさぼっているとか、製錬所で働く者に非道な仕打ちをしているとか、そういうことではありません。ハゾス宰相がこの時期――女帝の即位を間近にする時期に、視察を云いだしたそこに何かあるだろうと。考えられるのはハゾス自身は陽動――注意を集める役回りでしょう。その背後にどっしり座って、ロンザニアの貴重な資源を、より安価に、大量に手に入れる算段をしているにちがいない、かの御仁にこそ注意せねば」

「ラカント伯爵のおっしゃりたいことは解ります」

　ロウエンは打てば響くように応じたが、カルトゥスは話の要所を摑みかねている。

「ハゾス宰相の査察に際して、まず製錬所の運営に難癖をつけられぬよう、細心の注意を払うつもりです。ハゾスだけでなく、随行者ひとりひとりの動向に注意を払い――」

　ロウエンはちらとラカントに目配せする。

「そう、注意してもし足りぬということはない。なにしろ相手には――豹の目と豹の耳がそなわっている」

「豹の目、豹の耳とはどういうことだ？」

「カルトゥスさま、相手はケイロニア独裁をもくろむやから。十二選帝侯の領地すべてに密偵を放っていてもふしぎはない。この部屋の壁にも《耳》が付けられているやもしれませんよ」

「何だと！」

思わず声を上げたカルトゥスに、ラカントは南方の乾果《かんか》のかたちに目をほそめる。冗談ですよと云いたげに。

「ラカント伯爵からご指摘をうけた、製錬所内での不都合について――思いついたことがあります」ひくい声音で監督官が云う。

「どんなことだ？」とカルトゥス。

「古株の人夫には怪我による障害や、老いて手や足がきかなくなった者がおります。当然ながら健常者に能力で劣る。視察の際、粗相をしでかされても困るので、この機会に人員整理を兼ねた配置換えをいたそうと思います」

「たいへんよい考えですね」ラカントは即座に同意する。

「ロウエン、老人や怪我を負った者をどこにやるのだ？」

「黒鉄鉱の運搬役につけます」

ロウエンは薄いくちびるをわずかにめくり上げ、笑った。この男には長く務めた者の労をねぎらうという考えはないのである。老人や足の悪い者に険しい山路を行き来させたらどうなるか？　予測はつきそうなものだ。分かっていてあえて言上する。監督官の

「人員整理」にはきわめて冷酷な論理がはたらいている。

鉱山労働者が足りなくなったのも、このような配置換えがくり返された結果であった。

カルトゥスもうすうすは気付いていたが、監督官の采配に口は出せなかった。

ここでラカントが云った。

「これで視察への懸念はだいぶ軽減しましたね。よいことです。ロンザニアの宝を安易に流出させぬこと、豹頭王の利を増やさぬこと。これはとても重要なことなのです。なにしろ豹頭王の頭は常の人間の倍の倍ほどまわる。みずから剣を捧げてオクタヴィア皇女を女帝にまつりあげてしまったのも、ひとえに女の皇帝なら与しやすい、摂政におさまり傀儡政権をとれると考えたからです」

「そ、それもディモス殿のお考えなのか……」

思わず呻きそうになったカルトゥスである。

ラカントはカルトゥスの問いには答えず、

「――視察と称して横紙破りをしかけてきたのは豹頭王の陣営です。ロンザニアを取り込み、資源を奪い尽くさんとするやからに何の遠慮がいるものか。さいわいと申しましょう、ロウエン殿という盤石の目付役が鉱山にはいる。いっそロウエン殿、役に立たない人夫ともども、視察に来た者も煮えたぎった炉に突き落とせば、すっきり片がつくのでは？」

冗談では済まされないことを明朗に云ってのける。ワルスタット侯の使者は舞台劇の笑い面を張り付けているかのようだった。

3

「陛下、ロンザニア侯はいったい何を考えているのでしょう？　選帝侯が承知した上での値上げなのか、査察に応じるのか、何ひとつ返答してこない。このままでは……ルアーのチャリオットに乗り込み、じりじり溶かされていった霜の精の気分にもなります」

きれいな喩えをつかったハヅスだが、いつまでもロンザニア侯カルトゥスから親書の返事がないことに苛立ちを隠せずにいる。

黒曜宮の中枢には、大蔵長官のナルド、黒曜宮近習頭のポーランが列座している。オクタヴィアはサルビア・ドミナにドレスの仮縫いをさせているため欠席。フリルギア侯はサイロンのヤーン神殿で大神官に式次第を説明している。マローンはまだ現われない。

「嘆くまでもないぞ、ハヅス」

向き合って座す豹頭王は泰然としたものだ。

「お言葉ですが、即位式までに返答が得られないと、いろいろ不都合が生じてしまいます」

「即位式は戦ではない。大量の黒鉄鉱を買い入れるまでもなかろう?」

ケイロニア宰相は豹頭王の言葉に苦笑する。

「ハゾス。晴れの舞台の主役は、あくまでもオクタヴィア殿下なのだ。尊い身をつつむ装いはすべてがやわらかもの。絹や雪ヒョウの毛皮と聞く。十二神将、国王騎士団、無骨な鎧兜の群は、《イリスの涙》を嵌め込む冠を戴いた女神の後方に配される。さいわい——と云ってよいだろう。ゴーラや他国からの戦火は煙も見えぬ。剣や鎧の新たな需要はなく従って国庫をひっぱくさせることもない」

「ケイロニア大元帥閣下から保証していただくと恐懼《きょうく》ですが」

「黒鉄鉱の値上げがケイロニア財政におよぼす禍は当面にはない、と云うべきだったな。——俺が心配するのは、この値上げが民に及ぼす悪影響だが、物の価の主導権はギルドに握られておる。サイロンの商工ギルドの長は逸材ぞろい。特定品目の値が上がったからと、にわかに経済全体に混乱をおよぼすことはなかろう。その決断力と協調性は、黒鉄鉱の強さにも劣らぬ、黒死病から立ち直ったことに証されている」

そのギルド再建に功労したのは豹頭王その人である。

たくさんの働き手を失ったサイロンに、早い時期にランゴバルドやアトキアを始めとする選帝侯領から人を手配したおかげで、大工と石工の棟梁たちは大いに助かった。

「ヤーンに見棄てられたと思ったが、サイロンには豹頭の神様が居てくださった。本当に人の世に現われた神だ」と感激して、朝に夕に〈風が丘〉への拝礼を欠かさない。

穀物業者や食肉業者も恩義にあずかっている。国王騎士団が、ガティの粉袋や羊肉や牛の乳の運搬を手伝ったことで、市中は物資枯渇をまぬかれ物価は安定した。

柔軟な施策をうち出して民を救い、自由経済を滞らせることのなかった王に、ギルドの付け届けが集中してしまうのも自明の道理だ。感謝の度合いは如実に金額に表われる。これを豹頭王はわたくしすることなく、そっくり国庫に回した。献金は回り回ってサイロンをうるおす。内政にたずさわる者だけが知るサイロン経済の仕組みであった。

あまりにもグインが無欲なので、ハゾスは気を回し、王子王女の誕生の際には、祝い金の代わりに、ヴァルーサが子育てをしている小宮を改築し、産着やおもちゃや滋養のつく食べ物を心がけて贈るようにしている。

広々とした子ども部屋の、天井からおもちゃが吊るされ、巨大な、切ると甘い芳香が部屋いっぱい漂う果実が贈られて来た。

双児に乳をやっているヴァルーサは滋養たっぷりの果実によろこび、父王から「お転婆」のお墨付きを貰うリアーヌは、くるくる回るおもちゃに翠玉のような目をみはっていたが、飛びつこうと身構えたものだから、「姫さまっ、お願いですから、猫のまねはなさらないでっ」女官に悲鳴を上げさせた。

豹のトパーズの目が苦労人の宰相に注がれる。

「ハゾス。ロンザニア鉱山を査察する意志に変わりはないか？」

この質問にハゾスは姿勢をただした。

「なるたけ早い時期に赴こうと思っております。催促の親書をしたため、もしまた返事がなかった場合は、先触れに近習を差し向けて急訪することも考えております」

「しかし今は即位式という重大事を控えている。お主が居ぬことで、儀式の内容に齟齬《そご》をきたしてもならぬ」

「それは……」

ハゾスは口ごもりわずかに頬を染めた。自尊心からだった。グインに必要とされている。大ケイロニアの内政において、一大式典の指揮者として――欠くべからざる人材だと云われた誇らしさにジンと感じ入りながらも、

「――しかしながら、ロンザニアの値上げだけは腑におちない。あやしく感じます。ロンザニア侯カルトゥス殿をじかに質さぬことにはどうも気がおさまりませぬ」

この潔癖さがハゾスの美徳であると同時に弱みでもある。

「ハゾス、俺は、宰相以外の者をロンザニアに派遣することを考えている」

この提案にハゾスは目をみはった。

「候補に考えているのは、まず大蔵長官のナルド、ポーラン伯爵、そしてアトキア侯マローンだ」

グインの言葉に、ナルドとポーランはほぼ同時に腰を浮かせる。

「ナルドはわかります、ですが中央財務の長官が一日でも仕事を離れたら大混乱になります」ハゾスのとりなしにナルドは表情をゆるませ腰を落とす。

ポーランは子爵から伯爵に昇進したばかりでまだ若い。緊張の面持ちでいるが言葉は落ち着いている。

「内政の経験が浅い私の名が上がったのは、ロンザニア侯の息女をめとっているからですね？　グイン陛下の抜擢に異存などございませんが、私より適任の方がいらっしゃいます。陛下は、以前私がお話した、アトキア侯とロンザニア侯の長女――エミリア姫との縁談を思い出されたのではありませんか？」

「その縁談話とは？」ハゾスが訊き返す。

「マローンはロンザニア侯夫人から、エミリア姫との見合いを持ちかけられたのだ」

「そうでしたか！」ハゾスは豹の情報通に恐れ入った。「それは初耳でした。ならばアトキア侯のほうが歓待されますね。私よりも……」

「ロンザニア侯が《大喪の儀》でとった態度をかんがみて、今回の視察はアトキア侯マローンに任せたほうがよいかもしれぬ。ロンザニア侯カルトゥスの心を軟化させて、今回の値上げの事情をよく聞き取ってきてもらいたい」

ハゾスは大喪の儀にたちこめた、不穏な空気をまざまざと思い出した。ロンザニア侯とツルミット侯とは声をひそめねばならぬ内容を話し込んでいた。シリウスの件でハゾスがとった措置に、ことさら疑いを抱き悪意的な解釈をしていたように感じた……。(ダナエのケルート伯爵の暴言を真に受けたのか、選帝侯ともあろう者が)

嘆かわしくも情けない気分に落ち込んだ。

そのとき、小姓頭のシンがマローンの来室を知らせた。

「遅参いたしまして、申しわけありません」

マローンは額の汗をハンケチでおさえながら、

「そのお、途中でフリルギア侯夫人に呼び止められ……」

そのまま捕まってしまったとマローンは云う。

「……参りました。礼装についてあれやこれや質問されましたが、儀礼の場での装いは伝統に従うものだと思い、帰郷の折り父から、亡きアキレウス大帝の即位式に用いた衣装はどうだったか訊いて参考にするつもりでいましたので」

衣装について見識の浅いマローンは、宮廷の誰より——おそらくオクタヴィアより——式典に拘《こだわ》りを持っている、ステイシア夫人にとって格好の聴き手だったのだ。

「ステイシア夫人がおっしゃるには、即位式でオクタヴィアさまが生なりのドレスをお召しになられることにはゆゆしき意味があるのだそうです。生のままの絹は花嫁衣装がそうであるように何者にも染まらぬ意思のあらわれ、また施政者の潔癖をも表明されていらっしゃる。オクタヴィアさまはケイロニアという国それじたいとの結婚を誓われる心意気であらせられるにちがいない、と云われるとどうにも話の腰を折りづらく……」

ステイシアはこのように総括したのだった。

「月光のような淡色を女帝がまとうと決めたからには、十二選帝侯もそれに合わせたお衣装を選ぶべきでしょう。ケイロンの象徴となられる女帝陛下より目立ってはなりませぬ。礼装の色合わせ、意匠など、事前に申し合わせがあってしかるべきだと思いますわ」

マローンの話の途中でハゾスは頭痛がしてきた。

というのも、十二選帝侯の礼装には小国時代からの気風を示す色と意匠がある。これを変えよと云うのは、長年の伝統に異をさしはさむようなもの。一悶着は必至であろう。

（フリルギア侯は、その夫人までもが、でしゃばって――余計な諍《いさか》いを招きよせるつもりか）

異を唱えようとしたハゾスより、グインの発言が早かった。

「ほう、ステイシア夫人がそう云ったか。即位式において、女帝陛下がお召しになられる衣装のお色にまで、もっともな解釈をなされているとは――さすがに先のアトレウス帝の姫君だけはある。儀式のなんたるかを深く解されておられる」

深く感じいったようすである。

「式典においては、新皇帝がケイロニアの主となり柱となる、その点をはっきりさせる意味がある。ケイロニア王としても、選帝侯たちが、衣装やマントの色に気を回すのはよいことだと思う」

「グイン陛下！　そうはおっしゃられても、各選帝侯の装いにはそれぞれ伝統があります」ハゾスは声を高くする。「そもそもオクタヴィアさまのお衣装が地味すぎる気がいたします。生のままの絹の色というのは、あまりにも……。サイロンで一番人気のデザイナーが手がけると聞き安心しておりましたが、にわかに不安がきざしてきました」

オクタヴィアが華美を好まない女性だということはわきまえているが。

「格式を重んじることと、贅をこらすことは似て非なるもの。オクタヴィアさまには初めて尽くし、わからぬことも多々あると存じますが、大ケイロニアに誕生される皇帝陛下のお衣装が質素に見えては、大国の威信にかかわるかと存じます」

ハゾスには自負があった。黒曜宮が中原一の宮城であることに異を唱える者はいないが、不必要な物品を購入したり、湯水のごとく使用人に金《ラン》をばらまくことはない。歳出は全般的にひきしめる傾向にある。これはハゾスや、ハゾス直下のナルドが吝嗇《りんしょく》なのではない。黒曜宮の官吏はみなわかっていて、「フリルギア侯は何につけ極上品をとお命じになるが、ハゾス宰相は物の役割を考えた上で適正な価を支払う」と評している。もともとケイロニアの貴族は締めるべきところは締め、祭礼など重要な儀式の際は良品をそれに見合う値で買い取る。大国の権威をそこなわず、経済の負担にならない采配に心をくだく。このバランス感覚こそ宰相ハゾスの身上である。

しかもこの度の即位式は、前例のない女の皇帝のものである。尚武と剛毅の象徴である獅子の玉座に、華麗さ美々しさを求める声は内々からも高まっている。格式を重んじつつ、列席する貴族たちの「どんな華やかな式が見られるか」という期待に十分こたえねばならない。またそうでなければ女帝オクタヴィアを鮮烈に印象付けられない、宰相の手腕が問われるところだ。

「オクタヴィアさまを交え、デザイナーとは改めて打ち合わせしなければ」

グインは満足そうに深くうなづく。

「ハゾスの監修なら安心も倍増だ。十二選帝侯は伝統の衣装を着け、マントだけを揃えたらどうであろう。女帝陛下がイリスの光と同じ色を身にまとうならば、そのイリスを取りまいて支える天空の——濃い藍色を身につけてはどうだ？」

若い感性を刺激されたらしく、マローンはうっとりした目になる。

「イリスを支える天空の色——なんと、うるわしい景色でしょう！」

「マントを誂えることで、絹物問屋、毛織物商、毛皮商人、仕立て屋に新規の仕事が入る。ステイシア夫人のおかげをもって、潤うギルドも多いということだ」

グインの考えの深さにハゾスは今さらに舌を巻く。

「今までフリルギア侯夫人とデザイナーに任せきりでしたが、これからは私も意見を出していこうと存じます。なにしろ我ら——ケイロンの新皇帝のための式典なのですからね」

「うむ。そうしてもらおう。即位式を成功させ、ケイロニアに新風を起こすのだ」

グインは目をほそめて云った。

「〈風が丘〉の黒曜宮から、ダゴンの道を通り、サイロンに、また十二の選帝侯領すべてに吹き抜けるように、新しい時代が来ったことを宣言する。《イリスの涙》を冠される女帝陛下の御代が到来したそのことを、すべての民の心に、心地よくしみわたらせる——それこそ即位式の意義だ」

「陛下のお言葉こそ身のうちに沁み入るようです」

ハゾスはこれまでの苦労を思い返してつぶやく。フリルギア侯への確執が消えたわけではないが、フリルギア侯にはフリルギア侯にしか果たせぬ役割がある。前例のない女帝即位において儀礼のどの箇所を変えるべきか、十二神殿すべての神官長を訪れ、何百年も続いてきた決まりごとのひとつひとつを精査している。このしち面倒な折衝が出来るのは、黒曜宮広しと云えどかの有識の石頭しかいない。

今一番の問題になっているのは、ササイドン城の十二選帝侯会議や、大喪の儀において、オクタヴィア即位をはっきり肯定していない選帝侯がいることだ。

アンテーヌ侯からは、即位式には嫡子アウルス・アランを、正式に選帝侯代理として立てると親書が来ている。直轄税に異を唱えるツルミット侯も出席は明確にしている。しかし、当主を亡くしているダナエ侯家、ロンザニア侯、ワルスタット侯ディモスからもいまだに意思表示がないまま。ことにディモスについては……

（ササイドン会議からこちら、ディモスの行動は明らかにおかしい）

ハゾスは、親友としても疑問……いや不安を抱かざるを得ない。

「時に、マローン。ケイロニア王の代理として、ロンザニア選帝侯のもとに行ってはくれまいか？」

グインから切り出されたマローンは眉を上げて、

「――それは、ロンザニアの黒鉄鉱値上げの理由を問い質し、鉱山に不正がないか、私に視察せよとの仰せでしょうか？」

「はは、ロンザニアが不正などするはずがない」

グインは大声で笑いとばす。その目は執務室の天上に向けられていた。どこからか舞い込んできた黒い翅に。

「ロンザニアの黒鉄鉱に、俺が危惧せずにいられぬのは、採掘量が減少してはいまいか――そのことだ。もし資源が枯渇したのなら、ケイロニアにとって、サイロンの民にとっても値上げ以前にゆゆしい事態となる。そうではないことをヤーンに祈る。それとは別に――マローン、おぬしにはロンザニア侯を訪問する理由があるだろう？」

　マローンははっとしてグインを見直す。

「先年猫の年に、ロンザニア侯夫人から、ご息女との縁談を持ちかけられたそうだな」

　若く端正な顔がにわかに強ばる。

「今回の派遣と縁組みはまったく関係はないが、いまだ独り身と聞いているエミリア姫に会ってきてはどうだ？　俺も気になっていたのだ」

　豹頭王が縁談に触れてくるとは思いもしない。若く端正な顔は白くなり青くなり赤くなった。

「お、おせっかいだなんて……お心にかけて頂き、恐縮しています……が、私はまだ若輩の身、早すぎる……かと存じます」

「マローン、おぬしを若輩と思う者などおらぬ。サイロン長官として果たしてきた功績は大きい。選帝侯として、ケイロニアの男として立派に成長した。俺の抜擢に十分こたえてくれ、誇らしく思っておる」

「陛下――」

　マローンは言葉が出ないようすだった。

「おぬしも一家を構える年頃だ。――むろん、それには父君ギラン殿の意向もあろう、ご老公から勧められている縁談があるのか？」

「縁談に関して父からはべつだん何も云われておりませぬ。好ましく思う女人をめとればよいとだけ……。父のギランは隠居してから悠々自適の暮らしに満足しており、今や息子の私より可愛がっているクム犬の繁殖に熱心なほどで……」

クム犬の繁殖を口にしただけでマローンは赤くなった。

「そうか、マローン。俺が心配していたのは、サイロンのために夜昼なく働かせたそのせいで、ロンザニア侯夫人とかけちがったのではないか――ということだった」

マローンは額に浮かんだ汗をぬぐい、

「そ、そうなのです……。ロンザニア侯夫人に失礼な言動をとったことは反省しております。お詫びの機会がなかなかなくて……」

「まずはロンザニア侯に親書をしたため、来訪の真意をつたえるがよいな」

「はい。この機会にしっかりお詫び申し上げたく存じます。そうでした！　ロンザニア侯夫人からいただいたエミリア姫の肖像画を見ておかねば」

「そうだな」グインは満足そうにうなづいた。

ハゾスは、グインとマローンの会話を聞いて、内心嘆声を漏らしていた。

（マローンの来訪によって、アトキアとフリルギアとの軋轢《あつれき》を緩和し――ひいては黒曜宮との関係を修復するきっかけにする、それが陛下のお考えか。それで私の視察を止めたのか）

ナルド、ポーランが退出し、次いで視察の命を受けたマローンの背を見送るハゾスの肩は心持ち落ちていた。

「アトキア侯がロンザニア問題にあたってくれれば、私はフリルギア侯と共に即位式の仕上げにかかれそうです」

肩の荷のひとつ降りたが安堵にはほど遠いハゾスにグインはうなづきかけ、

「これで内務に割く余地ができたであろう？」

「陛下？」

切れ者の宰相は灰色の目に委細承知の光をうかべた。

「それは――新たな指令ですか」

「さすがだな。話が早くてありがたい」

トパーズの目がきらりと応じる。天上に蝶の影はもはやない。

「即位式には皇帝家ならびにケイロンの大貴族が集ってこられる」

「――はい」

ハゾスは深く首肯いた。大きな国事ともなれば、それこそ皇帝家とどこでどう繋がっているのかわかりかねぬ親類縁者も招かれる。中には百歳ちかい高齢者もいるから、応接する者にいろいろ細かな指示を出さねばならぬ。厄介だが大事な役目だ。

「そのケイロンのお歴々から、聞き取ってほしいことがある」

「何をでしょうか？」

ハゾスは意外らしく訊きかえす。

「わらべ歌の歌詞について」

「わらべ歌に豹頭王陛下が興味を寄せられるとは――」

「ただのわらべ歌とは思えぬのだ、これがその歌詞だ」

グインは羊皮紙を折り畳んだものをハゾスに渡した。開いてみると、グインの達筆で、数行の字句が記されている。〈女神宝石店〉のリュースに歌われたものだ。

「――わかりました、陛下。手を尽くします」

即座に引き受けたハゾスだが、

（まさか、陛下はロンザニア以外に黒鉄鉱の鉱脈を求めるおつもりか？　たしかに解決への早道だが……それではまるで山師ではないか）

そんな疑いを抱く一方でケイロニア宰相は、黒鉄《くろがね》を産する〈黒い山〉をその目で見られぬことを少しく残念に感じていた。

4

高い煙突から絶えることなく黒煙が立ちのぼり、するどい金属の音が建屋の外にまで響いてくる。職工たちの槌が銑鉄を叩き延ばしているのだった。

飛び散る火の色の粉がマローンの目に飛び込んできた。生まれてはじめて目にする火花に若き選帝侯は目をみはり、汗みずくになって鋼を鍛える者たちに畏敬のまなざしを送った。

（私の剣や騎士たちの鎧はこの人たちの手によって作り出されていたのだ）

もとよりサイロンでは建設にたずさわってきたマローンである。製錬所の造りや設備、製錬技術に大いに興味をそそられ、なめし紙の綴りに詳細な図を描き几帳面に添え書きをした。むろん豹頭王への報告のためである。

しかし――

ロンザニアが誇る製錬所に選帝侯カルトゥスの姿はなかった。

マローンと国王騎士による視察団の案内役をつとめ、〈黒い山〉の鉱床にも同行したのは鉱山監督官であった。カルトゥスは出城で待機していると聞いて、（猫の年のかけ違いから私を避けるのか？）とは思ったが、もし私的遺恨から豹頭王が正式に遣わした視察への礼儀を欠いたのなら公人として大人げない。

この残念な思いも――

製錬所の前に訪れた黒鉄鉱の鉱床の見事さに打ち消されていた。

国王騎士たちと共に山路を踏み分け、深いたて穴を降りくだって、マローンは採掘場をその目にした。「黒い宝石」と呼ばれる黒鉄鉱を含む岩石の群は、〈黒い山〉の下底にある地層を満たしていた。その規模はもうあと百年いや二百年あっても掘り尽されることはないと思われた。

「すごい大鉱脈だ！　豹頭王陛下もおよろこびになるだろう。――見たところ採掘に困っているようにも思えぬが？」

ロウエンという男は一介の監督官とも思われぬよゆうの表情で、

「ご不明な点がおありなのですか？」

「いや、そうだな。もっと勉強してくればよかったろうが、門外漢の私にも〈黒い山〉の底にある岩盤はすべて黒鉄鉱を含んでいるとわかる。まったく枯れていない」

「おっしゃりたいのは、黒鉄鉱の採掘がたやすければ値を上げる必要などないのではないか、ロンザニアの真意をはかっておられるのでしょうが、今回の値上げにはやむをえぬ事情があります。製錬所の建屋の補強やら、高炉や器機を新しく取り替えたり、昨今は人夫への賃金もかさんでおります。また、黒曜宮に送った細則《リスト》を見直してもらえばお解りいただけるはずですが、剣や鎧や品物ごとに値がちがうのは、掛かる費用がそれぞれ異なるからです。単純な値上げではないのですよ。雲の上の方々は、〈黒い山〉の事情をご存じないから、単純にロンザニアが特産の黒鉄鉱をつり上げている、不当値上げを疑っているようですが、そのような誤解の源に黒曜宮から離れた、ロンザニア鉱山への無知と偏見がないことを願うばかりです」

いんぎんで流暢な言葉にハゾスへの皮肉が織り込まれている。

「リストには〈黒い山〉の印章が捺されてございますれば、ロンザニア侯が諒承した正式の書類に万に一つの不備もございません」

カルトゥスが承認するかぎり値上げは正当と強調する。

（たいした男だ。ロンザニア侯の代理をつとめるだけはある。監督官としては優秀なのだろうが、私にはうさんくさく――とっつき悪く感じる）

キタイ人めいた風貌の大男が不心得なことをしている根拠をつかんだわけではないが、鉱山労働者への無慈悲な仕打ちを目のあたりにしての印象だった。

ロウエンは、黒鉄鉱を製錬所に運搬する途中につまずいたかして列を乱した年かさの人夫を「この役立たずが」と罵《ののし》り蹴り倒したのだ。

マローンは倒れふした人夫を抱き起こし、たしなめた。

「乱暴すぎるぞ。上に立つ者としてあるまじき態度だ」

選帝侯に対してロウエンは畏れ入るでもなく、細い目に冷ややかな光をたたえて見返すだけだった。

（まことに不遜なやつだ。人望を落とすのは勝手だが、全体の意気にもかかわる、どころか人の心を腐らせ、不平と不満がつのる）

マローンはロンザニア鉱山の弱点を見せられた気がした。ロウエンの横暴と、カルトゥスの徹底した無責任、そこに名もなきたくさんの負の心が鬱積されたら……。売国妃事件のときのことがふと頭をかすめる。

（ふだんおとなしく従順な民衆でも暴発したのだ）

陰惨な過去の亡霊をも溶かし去ったのは、製錬所の奥まったところに鎮座するものであった。そばに寄ると熱気と蒸気だけではなく、おそろしいような威圧感が押しよせてくる。

あたかも製錬所の真の主とでも云いたげな巨大溶鉱炉を前にして、マローンは額の汗を手の甲でぬぐった。

「まるでドールの釜のようだ……いや、ドールなどという喩えは不適切だな。ロンザニアの製錬技術は、この炉をとってもたぐいのないものだと解る。すばらしいものだ」

選帝侯に褒められても監督官は表情ひとつ変えるでもない。ロウエンは無表情のまま溶鉱炉に組まれた櫓の階段を指し示した。

「どうぞお上がりくださいませ。高炉の内部をご覧いただけます」

櫓にとりつけられた梯子段は人ひとりやっと通れるほど狭かった。

「いや、辞退しておくよ」

「なぜでございましょう？　めったにご覧いただけるものではございません。鉄鉱石が炉中で溶岩のように煮えたぎっております。ぜひご覧になられることをお勧めいたします」

ことさら強く勧めてくる。

「貴重な機会だと思うが止めておくよ」

「ロンザニア製錬所に来て炉中を見ずに帰った方はおりません。サイロンの大臣がたへ、よい土産話のたねになると思いますが」

無表情な監督官から意外な熱を感じマローンは眉を上げ、

「じつは高いところがあまり得意でない。情けないが足下を見るとくらくらするのだ。ドールの口に呑まれそうな気がして……」

「ご冗談を。ケイロニア十二選帝侯はどなたも勇敢な騎士と聞きおよんでいます。まさかそれともロンザニアが誇る高炉の安全性をお疑い召されるのですか？」

(いやにしつこいな、さいぜんの仕返しのつもりか)

「それほど勧めるなら上ってみるかな?」

根負けしたマローンが高炉に向き直ると、監督官は口もとをごくかすかに緩ませた。

笑い、にしても昏くあやしく……

マローンが櫓の梯子に足をかけようとしたときだった。

「アトキア侯マローンさま!」

入り口の扉から若い女の声が響いた。

マローンはおどろいて振り返った。製錬所の扉の影から白い顔をのぞかせている。それは肖像画で予習してきた——。

「エミリア殿?」

高炉の櫓から離れ威儀をただしたマローンに、見合い相手の姫君は歩み寄ってくると三歩ほど離れて立ち止まり、ドレスの裾をつまみ深々とお辞儀した。裾からかいまみえた絹靴の尖《さき》がよごれている。頰を紅潮させ、胸を上下させているようだ。

(まさか城から走って来たのか?)

「どうか、お許し下さいませ。視察のお役目中に突然お邪魔いたしまして」

「え……いいえ。ロンザニアの姫君が製錬所を訪れるのに誰の許しがいるでしょう。でもまたどうして急に?」

「マローンさまが視察におみえなのに、ロンザニア侯家の者が誰ひとりも立ち会わないことがどうにも申し訳なく、居てもたってもいられなかったのです」

はっきりと自分の考えを口にする姫に二度おどろかされる。

「姫のお心づかいに感じ入ります」

「マローンさま、私こそマローンさまが、煤をかぶることも厭わずに鉱床まで足を運ばれたと聞いて心を打たれ、目がさめる思いがいたしました。父も母も重臣の貴族たちも〈煤よけの森〉から先に足を運びません。ご先祖さまはみな先に立って鉱山に入ったと聞いておりますのに」

〈煤かぶり〉の選帝侯の末裔である姫は、黒い瞳につよい光を湛えて云った。肖像画や星占いが語り得なかった、峻烈なエミリアの本質に触れマローンはたじろぐ。

（なんと果断な性格の方だろう）

身をひきしめ、ていねいに頭を下げた。

「エミリア殿の母上には、過ぎし猫の年、失礼なもの云いをいたしました。姫君のお心もそこねたのであれば今ここで謝らせて下さい」

「いいえ！」エミリアは強い口調で云った。「猫の年のことは母の思い込みと先走りだと思います。マローンさまが疫病と戦っていらっしゃる最中なのに、ご迷惑だと考えず……謝るべきは私どものほうです」

「わ、私はマローンさまが選帝侯に就任されてから、黒曜宮やサイロンの民のため奔走されるお姿を、いつもいつも胸のうちで応援しておりました」

「エミリア殿……」

「お……」

朴念仁を自認するマローンでも「いつも応援していた」の意味がわからないはずがない。

深窓の姫君が虹の橋を飛び降りる一念で告げた言葉に、しかし青年侯が酔っていられる間《ま》は一タルザンに過ぎなかった。

背後から木の折れる鈍い異様な音と男の絶叫がひびいてきたのだ。

規則正しくひびいていた槌音が絶え、苦しげな呻きを、ざわつく人々とものものしい空気がとり囲んでいる。

櫓の梯子が途中から折れ、銑鉄を掬おうとした人夫が落下したのだ。溶鉱炉にはかろうじて落ちなかったが地べたに叩き付けられ重傷を負った。

（監督官は櫓の傷みぐあいに気付かなかったのか？）

上っていたら自分こそ危なかった、ぞっとしながらもマローンは人夫のいのちを第一に気にかけ、騎士たちに担架の用意を命じた。担架に寝かされた怪我人が苦しげな呻きを漏らす。

「監督官、早急に医師の手配をしてくれ！」

「医師は城にしか居ません。それまでヤーンのお慈悲があれば助かるでしょう」

あまりにも非情な云い方にマローンはカッとして怒鳴った。

「このような事故を起こして、反省してもいないのか！」

「このような事故を無くしてゆくため、人夫たちを厳しく指導することや、施設を補強する元手が必要なのです。侯爵さま、視察のよいしめくくりになったではありませんか？　これでロンザニア鉱山の実態と、黒鉄鉱値上げの理由を豹頭王にご説明いただけるでしょう」

非常の際に揶揄する監督官を、マローンは信じがたい目で見つめた。

＊　＊　＊

柱廊に取り囲まれた広壮な館。その柱の一本一本にヤヌス十二神の巧緻な彫刻がなされている。すみずみまで手入れのゆき届いた館のうち、奥の間の中央に据えられた寝台の四つの柱にはレースがくくり上げられ、練り絹のシーツにはサルビオの芳香が薫《た》きしめられている。深更――秘めごとにふさわしい時刻。

寝室のふちに腰をおろした寝衣の男は、手にした書状から顔を上げると、

「あやつめ、しくじりおったか」

壮年の美丈夫は目元にしわを寄せていた。笑いじわに見えなくもないが、ディモスのそれはどこかしら不健全さを感じさせる。

化粧台の前で物憂げに乱れた髪を直しながら、館の女主人は、情人の横顔を鏡にうつしてながめていた。

妖艶なるデビ・フェリシア。

クリスタル・パレスの名花と謳われたデビには、サイロンに亡命したデザイナーがいかに腐心しても、ケイロニア女からは引き出すことができぬ華がある。数えきれぬ浮き名を流してきていても、この花の蜜と香はいまだ枯れるどころか、うすものを羽織って柔肌を隠しながら、全裸の若い娘より煽情的に見せるすべを知っている。

フェリシアはつと寝台に歩み、情人の前にひざまずいた。うすく軽い絹の地がふわりと舞い上がるが、繊手《せんしゅ》に素早くつつましくおさえられる。

「どなたからのお知らせ？」

「ラカントからです」

「貴男のためにいろいろと働いてくれる方ね。——アキレウス大帝崩御の際にも」

ラカントがワルド城の付近にゴーラ兵が攻め寄せたと見せかけ、グイン王をアキレウスの臨終に立ち会えぬようにした、ということはディモスから聞いている。

「そうです。智略に長けた役立つ者だと、せんに褒めましたが、今回ばかりは……」

ディモスは苦笑をうかべる。

「どのような失敗なのです？」

フェリシアはさぐるような目をしていた。

「ラカントはロンザニアにて黒鉄鉱に関わる工作をすすめておりました。広大なケイロニアでロンザニアにしか産しない、ロンザニア侯が独占する黒鉄鉱の値上げをそそのかした。黒鉄鉱はケイロニア正規軍の鎧冑につかわれるだけではない。生活用品にも広く使われている。災厄から立ち直っていないサイロンには手痛い値上げだ。宰相ハゾスは経済戦争を仕掛けられたと思い、ロンザニア侯カルトゥスに値上げの見直しと共に視察を受け入れを申し入れた」

「まあ」と長いまつげを反り返らせる。

「カルトゥスはハゾスに冷ややかでした。《大喪の儀》にてシルヴィア皇女の子どもの存在が明らかになり、ハゾスとロベルトが亡きアキレウス帝直系の男児を隠して黒曜宮から遠い田舎に縁付けた事実を知って、豹頭王とハゾスをはじめとする側近の結託と独裁を疑っていたからです。それでなくともカルトゥスはハゾスを嫌っていた。妬みがあったのでしょう。ランゴバルド侯はケイロン生え抜きの大貴族、同じ選帝侯でも鉱山業で財を成したロンザニア侯とは格がちがう。先年、アトキア侯マローンに娘との縁談を持ちかけたがうまくは運ばなかった。その八つ当たりもあってか、アトキア侯の息女を娶っているハゾスを疎んでいた」

　貴族間であっても身分ちがいの婚姻は幸せな結末をむかえないと、このデビほどよく知る者はいない。

「ラカントにはカルトゥスの妬みの心を利用するよう命じました」

「ディモスさま、ラカントに何と命じたのですか？」

「カルトゥスの信任も厚き鉱山監督官を抱き込むこと。また事故に見せかけ視察に来た者を葬ってロンザニアと黒曜宮のみぞを深めよと」

「ケイロニア宰相を事故に……なんておそろしいこと……！」

　フェリシアは蒼白になって口元に手をやる。演技なら迫真だがこのデビはパロ内乱においてみずから兵を率いた女丈夫――もっともディモスはそのことは知らぬ。

「しかし豹頭王に命じられ視察に来たのはハゾスでなく若いアトキア侯でした」

「では、その若い選帝侯が殺されてしまったの？」

「いいえ、アトキア侯マローンも命を拾いました。ラカントは扉の影から一部始終を見届けたそうです。ロンザニア侯の姫が製錬所にまでマローンを訪ねて来て、その間に別の者が仕掛けにかかってしまった。マローンも命冥加なやつだ、いちどは袖にした〈煤かぶり〉の選帝侯の姫君に助けられるとは……」

「煤かぶりの姫君」

フェリシアは物語の登場人物であるかのようにつぶやく。

「ここで選帝侯が事故に遭えば、ロンザニアと黒曜宮ひいてはグインとの亀裂は深まり、計画はさらなる進展を遂げたはず。残念な結果だとは思いますが、ラカントめは一度の失敗に気落ちしたか、鉱山監督との連繫の不手際と準備不足をくどくどしく云い訳してきている。今さらにバスの不安にかられたかのように情けなく」

嘲るディモスにフェリシアは真剣な――きついまなざしを注ぐ。

「計画が狂いだしたのは、豹頭王がマローンという方を遣わしたからだと思いますわ」

彼女には解っていた。陰謀がいかに危うい舞台で演じられるものなのか。ごくささいな変化も命とり、役者が入れ替わっただけでたやすく覆《くつがえ》る、そのことをほの昏い宮廷に身を置いて何度となく目にしてきた。

「その手紙を見せていただけます？」

ディモスが手渡したものを一読して柳眉が険しくなった。

「ラカントが怖れているのは、煤かぶりの姫君とマローン侯との仲が進展することではございませんか？　もしそうなればロンザニア侯は黒曜宮寄りに――グイン側に傾かないともかぎりませんわね」

「まさか、ありえませんよ。マローンは独身でカルトゥスの娘婿となり得る唯一の選帝侯だが、カルトゥスは元をただせば鍛冶の一族、出自は商人のようなもの。選帝侯の中では格が落ちる。ロンザニアと絆をむすんだ選帝侯は今までおりません」

「そう、ならばラカントの不安は別にあるとは思われませんか？　具体的に書かれてはおりませんけれど、アトキア侯に事前工作を見抜かれていたとか。ワルスタットの関与を疑われるような不首尾があったとか。間者が保身の云い訳を連ねてくるのは、ゆゆしい理由と不安があるものですわ」

なよやかに、そして十分にするどい理知に決めつけられディモスは言葉がでない。

「油断はいのちとりに繋がります。相手にしているのは豹頭王、中原一の策士なのですよ」

言葉の錐に突かれてディモスはようやくことの重大さに気付いたように、

「フェリシア貴女は、私たちの計画と同盟の存在が、すでにグイン王の知るところになっていると考えるのですか？」

「ロンザニア侯は貴族より商人の考え方をするのではありませんか？　今なら豹頭王の側につくほうが得、と考えを改めさせる伝言なり密書なりを視察が携えてきたのかもしれませんわよ」

「うぅ、そうだ、カルトゥスは欲が深い。二重の裏切りをしでかさぬとは限らなかった。バスの心配どころではない」ディモスはいらいらと親指の腹を噛む。

フェリシアの視線は天井に群れる黒い蝶に向けられていた。

（その煤かぶりの姫の件といい、豹頭王は深い考えあってアトキア侯を派遣したにちがいない。反グイン同盟の旗手が誰かすでに察しがついているやも）

ふいにディモスが呻きをあげたので、視線をもどすと、端正な男の顔はひどく青ざめ脂汗を浮かべている。

「どうなさったの？」

「……気分が悪くなってきました。頭が痛い」

「まあそれはいけませんこと。頭痛によく効くお薬がございますわ」

フェリシアが化粧台から薬をとってくる間に、ディモスは顔をゆがめ盟友を罵倒する。

「カルトゥスめ！　豹頭王に祭り上げられた女帝など認めぬ、などと云っても、しょせんツルハシを振るい煤をかぶった、欲深な……ありがとうフェリシア」

受け取ったガラスの小瓶には、赤紫の液体が揺れている。

「やはりラカントのまぬけが悪い。これですべてが露見したら……ああ」

震える手で瓶の蓋をゆるめようとするが、なかなか開けられない。

「ディモスさま、そんなにおそろしいの？　グイン王に知られることが」

「いいえ！　怖れも後悔もしてはいません」

言葉とうらはらに指さきが震えている。ようやく蓋をとって瓶のくすりをディモスは一気に嚥《の》んだ。かるく咽《む》せて、床につばを吐く。

「うぅ、豹頭王など……——怖れはしない。怖れていないところを見せてやる」

青い目が異様にぎらついている。あやしい変化は顔立ちにも及んでいた。貴族的な美貌の上に、粗野で荒々しい相がかさなる。別人に乗っ取られたような変化をデビは痛ましげな目で見守っていた。

（この方に陰謀は合わない……。おそろしいのはあたくし）

くすりの効力に男性の自信回復も含まれるものか、ディモスはいきなり腕を伸ばしフェリシアを横抱きにした。固い男の胸がおしつけられ、うすい絹の地ごとやわらかな胸乳がひしゃげる。

貪るような口づけを受けながら、フェリシアが思うのは別の男だった。

（ああ、あたくしはいちどは死んだ身、そう思い切っても、いっさんにドールの道をゆくほど強くはない。貴方さまにこの苦しみがわかります？　あわれと思ってくださらない？）

＊　＊　＊

マローンは黒曜宮のグインの御前で深く低頭していた。

「——まことに申しわけありません。視察の目的が果たせなかったのはすべて私の力足らずにあります」

出立の日までねばったが、黒鉄鉱値上げの撤回も緩和も、監督官ロウエンへの譴責《けんせき》も、カルトゥスから取り付けることはできなかった。グインの懸念「黒鉄鉱の値上げがケイロニア正規軍に影響をあたえはすまいか」にも曖昧な答えしか返さない。

それでいてカルトゥスはマローン自身には冷淡どころか、城を上げてもてなし、テーブルせましと大皿に盛ったロンザニアの郷土料理と、これもロンザニア名産のこくのあるぶどう酒をさかんにすすめてきた。

「猫の年の遺恨などないと云って貰いましたが……」

同席した夫人も終始にこやかなのだが、鉱山やら製錬がらみの話題を出すと、とたんに黙り込んだり話題を替えてしまう。

「なんとも不自然な会食でした。ロンザニア侯はあまり鉱山業に熱心ではなく、興味がないため責任も感じていないのではないかとさえ疑ってしまいました。十二選帝侯である前に〈鉱山王〉の自覚が足りないのではないかと——父侯よりも娘子《むすめご》のほうが果断で、鉱山業に誇りをもたれているように思いました」

「エミリア姫と向き合って話す機会があったのだな」

「はい」うなづくマローンの頬はかすかに染まった。

「姫とは気があったようだな」

トパーズ色の目がやわらぎ、ますますマローンは赤くなった。

「はい。エミリア姫は製錬所で事故に遭遇したとき、怪我を負った人夫のためにヤーンに祈りを捧げていました。たいそう情け深くもあって……」その人夫は腰の骨を折る重症であったが、騎士団がすみやかに医師のもとに搬送したため命だけはとりとめた。

「非常時にはよく人柄が出ると申します。ますます姫が好きになりました」

マローンは率直である。

豹の目がきらめく。

「その事故のことをもう少しくわしくきかせてくれ」

「はい」

マローンは記憶するかぎり詳らかに語った。

さらに――

「事故の後で、騎士のひとりから、不審者を見かけたという報告を受けました」

その者は製錬所の扉の影から中をうかがっていたのだ。人夫とも職工とも思われなかった。武人か貴族が騎馬をする折りの服装をしていた。その者は、騎士に見られたことに気付いてか、すぐに〈煤よけの森〉に逃げ込んで姿をくらました。

「煤よけの森とは？」

「製錬所の敷地の際まで張り出してきている人工の森です。ロンザニアの出城との間に枝葉を伸ばしたイトスギが防煙の役目を果たすそうです」

「ふむ」

　グインはあごに手をやる。

「貴族の風体だったということで」マローンはやや早口になった。

「ロンザニア貴族の中に今回の視察や、エミリア姫との縁談に反対し私に害をなそうとするやからがいて、事故と関連しているのかと疑えなくもないですが、ロンザニア最後の夜には、城を上げて、家臣と身分のひくい使用人までもが、心づくしのもてなしをしてくれました。中庭で弾けていた祝いのケムリソウ花火の音がまだ耳に残っています。不心得者がいるとは信じられません。信じたくない気持ちでいっぱいで……」

　マローンを見つめる豹の目はしずかで促すかのようだ。

「思い切ってエミリア姫に訊ねました。姫の答えは重臣たちに不心得者などいるはずがない、ロンザニア侯夫妻もこの縁組みを本心望んでいるとのことでした、が」

「あったのか、何か心当たりが」

「ちかごろ他の選帝侯の使者が出城を訪れ、ロンザニア侯と会っていたことを思い出したそうです」

「その選帝侯とは？」

「――ワルスタット侯」

　マローンはかすかにうなだれていた。

「その使者と事故をつなげるのも短絡的だとは思いますが、姻戚関係のないロンザニアにワルスタットが使者を遣わした、それも黒鉄鉱の値上げと時期を同じくして。何かあるのではないかと疑わずには……」

マローンは、ディモスがグインに不信任票を投じたことを、ハゾスに聞いていた。

「やはり、ディモスが」

グインのつぶやきは苦く、トパーズの目は憂いの影を帯びていた。

第三話　ケイロンの絆（一）

1

グインが急ぎ開いた財政会議では、当然ながらロンザニアに非難の矛先が集中した。

「民を苦しめ、また万が一戦が起きた際には、世界最強のケイロニアが軍備不足に陥る懸念すらある。カルトゥスは欲得に目眩まされ大局が見えていない」

重臣たちの怒りをもっともと思うからこそ、マローンは居たたまれなかった。

「やはり何か陰謀があるのではないか？」というフリルギア侯の発言にマローンはぎくりとするが、ワルスタット侯関与の確たる証拠は無いため、公式の場での発言はつつしむ。

ハゾスが立ち上がりいったん座をしずめる。

「ここで問題とすべきは陰謀のあるなしより——黒鉄鉱はロンザニアだけに産することではなかろうか？」

「それはそうだ」とフリルギア侯。

「仮定として聞いてほしいが」とハゾスは云いおいてから、「もしロンザニア選帝侯が黒鉄鉱の権利をたてにとり、ケイロニア国内に強権を主張するのなら、内紛の烽火《のろし》を上げるよりはるかに賢いやり方と云えまいか」

ハゾスの目は沈んでいたが声音は明晰だった。

「ケイロニア内紛……」

おそろしい宣告を聞かされマローンは身をふるわせた。

「や、これは最悪の場合の仮定にすぎないが、連合国であるケイロニアの足をすくおうとするやからが居るのなら、オクタヴィアさまを中心に新しい体制がととのいつつある今が好機と考えるのではないか？」

内紛という過激な言葉を口に出したハゾスは表情を強ばらせている。

卓に着いた他の者――ナルド、リンド長官、ポーラン伯爵は顔を見合わせている。

「ケイロニアを内部から揺さぶって、何の益があると云うのでしょう？　皇帝となるオクタヴィアさまのお胸を痛めさせ、動揺に誘い、何が得られるというのだ……」

心当たりがあるからこそマローンの表情は苦かった。

「アトキア侯――」

ハゾスの目は若き選帝侯からケイロニア王に向けられた。他の全員の目も豹頭王の巨躯に注がれる。

「ハゾスの懸念はもっともだ」ゆっくりとグインは言葉を運んだ。

「ケイロニアは――そもそも十二の小国を、皇帝家の祖である大公家がひとつに束ねた国家だ。それぞれの国主には野心も異なる主張もあったろう、だが皇帝家への赤誠をとり我欲を捨て去ったからこそ今がある。盤石といわれるまでには時間と語られぬ苦労があったのだ。だからこそ今の平和は尊い。オクタヴィアさまは《大喪の儀》において、亡き大帝はケイロニア内の諍いを望まれていないとおっしゃられた。国の秩序をみだし、綻びをもたらす物事にケイロニア王は制裁措置を下すことも辞さぬ」

厳然としたグインのたたずまいには施政者の覚悟が感ぜられた。

続きをハゾスが引きとるように、

「ロンザニアがこのまま黒鉄鉱の値上げを断行するなら、黒曜宮は強硬な対抗にでる――カルトゥスに荒療治をほどこすのも吝《やぶさ》かでない、ということだ」

「ハゾス宰相、荒療治とは？」

感心できる人物ではないがエミリア姫の実の父。不安げなマローンにグインは云った。

「安心してよいぞ、マローン、これは血の一滴もながされぬ戦《いくさ》だ。黒鉄鉱の値上げはケイロニア全体を苦しめることになる。商人を先祖に持つロンザニア侯カルトゥスにその事実をつきつけ、誤りに気付かせ、商取引の正道に立ち返らせる措置だ」

「陛下、黒鉄鉱の剣とイリスの金の盾の戦でございますね」

　ナルドが小柄な身を乗り出す。経済上の戦いならば財務官の時代から専らとするところだ。

「黒鉄鉱とイリスの金とはうまい喩えだ」グインは口吻《こうふん》をつり上げて云う。

　ハゾスは続ける。

「黒鉄鉱の高利の値上げが断行されれば、他のすべての選帝侯と領民にも支障がでる。ロンザニアのみ高利をむさぼる、という展開に選帝侯会議は連繫して対抗し、黒曜宮を中心として経済制裁を考えている」

「制裁とは具体的に……？」とマローン。

「ロンザニアと取引するすべての物の価を、黒鉄鉱と同じ率に上げてしまうのだ」

「ハゾス宰相、わかってきました、制裁の意図が」

　叫んだナルドにハゾスはうなづきかけ、

「ベルデランドの杉材、ナタールの金、フリルギアの塩といった品々を、ロンザニアは高い金額で買い入れねばならなくなる。この措置を黒鉄鉱の価格が改正されるまで続ける」

「しかし――ロンザニア以外の選帝侯が偽って買い入れ、ロンザニアに流した場合、制裁効果が出ないのではありませんか？」

「マローン、よいところを突いた」とグイン。「黒曜宮に新しく選帝侯間の物品のながれを照合する係を置くことにした。特産品はかぎられている。売買のたび必ず書類を作製するよう義務づける。物流は一目でわかり、不正買い入れは明らかになる」

「裏にまわる者がそこまでロンザニアに肩入れするか私ははなはだ疑問ですが」

ハゾスは皮肉めかして云った。

「対抗策はもう一つ——これは制裁ではないが、マローンのおかげで考えが固まった」

グインの合図で、ハゾスは広い卓上に何枚もの図面を置いていった。マローンが描きとった製錬所の図であった。鍛冶場、道具類、煤煙を排出するしくみに至るまで、きわめて詳細に描かれており、グインをして「アレクサンドロスの筆も斯くやあらん」と云わしめた。

「ナルドから指摘があったが、値上げの細則《リスト》に原材料の記載は無かった。他国に黒鉄鉱を鍛える技術がないとする、ロンザニアのおごりを俺は感じた」

「陛下——お言葉ですが、これだけ大きな製錬施設はロンザニア以外にはありませぬ」

「なければ作ればよい」

グインはこともなげに云った。これにハゾスを除く全員が驚き呆れ顔になる。

いかに豹頭王グインと云えども、鉱山業も製錬も畑違い、だいいち大きな障害が横たわっているではないか、と。

「だ、誰に作らせると云うのです?」

「マローン、今の発言はサイロンの商工ギルドを少々軽んじておるぞ」

「いえ、そのようなつもりは毛頭……ですが、剣を鍛えるのにも熟練の技が要るのだと、このたびの査察で思い知りましたゆえ」

「その熟練の職人たちを、サイロンに新規に設ける製錬所に招聘するのだ。ロンザニア鉱業の中心にあった人々をだ。——ロンザニアの監督者は働き手を大事にしていない。事故の対応も感心できたものではない。不満を抱える者も少なくないのではないか?サイロンに呼び寄せるのはさして難しくはないと思うぞ?」

「おそれながら陛下、まったくの正論と存じますが、ひとつ大きな問題が……新しく産業を興すには莫大な費用がかかります。今の黒曜宮にもサイロンのギルドにもそれだけの余裕があるとはとうてい思えません」

気弱に言上するマローンだが、グインの泰然たるたたずまいに揺らぎはなかった。

「それについては——本日重大な発表がある。ハゾス」

「はっ」

宰相は製錬所の見取り図をしまい込み、こんどは羊皮紙の巻物からひもを解いて卓上に広げた。

(さらに重大な発表とはいったい……)

マローンはごくりと唾を飲み込んだ。

ハゾスがひらいたのは古地図であった。

「この地図は皇帝家の祖であるケイロニア大公国の時代のもの。ちなみにこの頃、中原に覇をとなえていたのは旧ゴーラ、サウル老帝の死で幕を閉じた由緒ある大帝国でござる。サイロンの地名はすでにあったが正式の都ではなく、中原各国からは新興国に見なされていたケイロニアの中心はここ――」

ハゾスの指が置かれたのは、サイロンより南東百モータッドの地点である。

「ケイロンの故地と云われている。ケイロン古城とアルリウス大公の墓所がある」

「アルリウス……」

声に出したマローンだけではない、その名の響きは皆に感慨をあたえずにおかなかった。豹頭王とヴァルーサの愛児のひとり、今もゆりかごに微睡《まどろ》む王子の名前である。

「アキレウス大帝は皇帝家に男児が授かったなら、ケイロニア大公国黎明期の君主の名を付けるお考えであられた」

「グイン陛下」ハゾスは感慨深げにつぶやいてから地図に目をもどし、「七百年前にサイロンに還都し、ケイロン城もアルリウス大公の御名もひさしく忘れ去られていました。アキレウス帝がアルリウス大公を古史から取り上げられたのは象徴的であると存ずる。そしてまた――」

ハゾスは軽く咳払いをしてから、古詩をそらんじるように、
黄金《こがね》なら真冬のナタールを浚やァいい、指先こごえるけど
黒鉄《くろがね》ならロンザニアの山を掘りァいい、すすで黒くはなるけど
白金《しろがね》ならケイロン城趾を訪ねりァいい、城の幽霊こわいけど

「白金とケイロン城址とは、いったい何の符牒です？」

ナルドは妖魅に化かされたような顔つきである。

「宝石商の家に歌い継がれた、わらべ歌だそうだ。この歌の謎解きをグイン陛下から依頼されていた」

「金と黒鉄――黒鉄鉱はケイロニアに産しますが、白金が採れるとは聞いたことがない」

白金は「イリスの金」と呼ばれる、きわめて稀少な金属である。ケイロニアだけではない、中原全体でも稀有で、これまで採掘された量は百スコーンにも満たないと云われている。

「アルリウス大公の墓には白金の宝物が納められていた、という意味ですか……」

ポーランの答えに面白みはないが妥当と思われた。が、ハゾスは首を横にした。

「そのような史実はないのだ」

「ですよね」とマローン。

ここで白金発見とあいなったら天与の恵みであるが、七百年以上かえりみられなかった古城である。皇帝家の祖先の墓であっても盗掘の難を逃れられたとは思われぬ。

「ではなぜ、そのような歌が歌い継がれてきたのでしょう？」

「ケイロニアでも白金が採れたらいいと、単純に希望を歌っただけなのでは？」

わらべ歌の意味するところを、ケイロニア首脳陣は真剣なおももちで論じあう。

論議が一段落したところでハゾスが云った。

「この謎解きに貴重な示唆を与えて下さったのは、インス公爵だ」

インス公爵！

その場の全員が（ご存命であったか!?）と思っても薄情とは云えなかった。ケイロニア皇帝の遠い縁続きである齢百歳の老公は、猫の年の新年の賀より人前に出てきていなかった。

「インス公爵は足をお悪くされているがいたって元気だ。頭はこの上もなくはっきりしておられる。インス殿のお年の数ほどヤーンに感謝すべきことに――」

「ハゾス、そろそろ結論にいってよいだろう」

「陛下、気をもたせ過ぎると云われますか？　これはケイロニア史に残る大発見となるやもしれぬ、多少もったいぶっても神の怒りには触れぬでしょう」

「やはりケイロン古城には白金の宝が隠されていたのですね？」

大蔵長官ナルドの目は期待に輝いている。

「アルリウス大公の秘宝ですか！」

が、ハゾスは落ち着いたもの。

「ポーラン、ナルド。ケイロン城址のアルリウス大公の玄室はわずか十タールしか掘り下げられておらず、往時は玉や宝剣が御遺骸と共にあったかもしれぬが今は石棺を残すのみだ」

「ハゾス宰相、インス公爵の示唆とはどのような？」とマローン。

「さよう」ハゾスの次の言葉をマローンは期待に満ちて待った。「ご老公は、すべてがはるか時のかなたにあるとおっしゃられた」

ハゾスは謎解きを楽しむかのようだ。

「この言葉には重みがあるではないか？　七百年前ケイロンの地でしか知り得ぬこと、それが謎の鍵となる。わたしは古史にふたたび向き合った。ごく短い記述だが、石くれのひとつに微量の白金が混じっていたというものがあった」

「小石からですか……」

マローンとその場の全員が肩を落とす。

「アトキア侯、がっかりするのも早いですぞ。インス公爵はもうひとつ逸話を思い出して下さったのだよ。霊廟作りにまつわるものだ。昔の墓掘りはたいそう迷信ぶかく、道具が壊れると土地神の怒りに触れたとして工事を終わらせることがあった。アルリウス大公の玄室が浅いところにもうけられた理由ではないか？　本来ならもっと地中深く納められ墓盗人からも隠されたはずだと……そして七百年前と云えば、黒鉄鉱を製錬する技術が確立しておらず、丈夫な道具類が得られなかった時代だ」

「ハゾス宰相、それはつまり──」黒鉄鉱の鉱脈を目にしてきたばかりのマローンである。「ケイロン城の地下には、当時の鉄器より堅い鉱物をふくむ地層があったということですよね？」

ハゾスは笑みを浮かべていた。

「その鉱石がまことに白金なら……！」

大蔵長官は興奮を隠せない。

「可能性はある」

ひきとったのはグインだ。ついにしびれを切らしたように、

「ハゾスのこの謎解きを受け、この歌を俺に教えたリュースという宝石商をケイロン城に遣わした。リュースから鉱脈発見の報はまだないが、大いに期待ができる」

「陛下、まことにイリスの金なら……」

マローンはうめいた。

白金の価値ははかりしれない。これがまことに黒曜宮にもたらされるなら、財源の不足は一挙に解消される。製錬所建設も夢ではない。

（ヤーンよ！）

マローンは胸のうちで神の名を唱えた。百の耳と長い白髭、まがりくねった角とひとつ目を持つ、運命と知恵の長老神に、願わずにいられなかった。

（ぜひとも白金の宝をケイロンの地下から地上にみちびきたまえ。サイロンの民を救うためにも！）

《運命》という糸車を操り、偶然というおさを手にして、すぐれた人間が先頭にくるようにしてタペストリを織りあげる神に心から祈る。

（しかし、偶然のおさとは云われるが、これがまことなら偶然とは思われぬ。地底のイリスが、ケイロニア皇帝の直系の大公家、故アキレウス帝がその名を気に入って息子の名に決めておられたアルリウス大公の遺構の真下に眠っているなど……）

＊　＊　＊

〈風が丘〉の端にルアーが隠れる頃、財政会議は閉会となった。

グインは、黄金宮を出て中庭を横切る通廊を、愛妾と双児が待つ小宮へ足早にたどった。レンガの道の両脇に花園が広がっている。晩秋を過ぎた今花壇には何も植わっていない。庭師の手で枯れた草花はたんねんに除かれ、次の種蒔にそなえ土は均されている。

夜のとばりが観賞の季節を終えた花園に降りている。

と、そのとばりがかすかに揺らいだ。夜気を動かしたのは風の精ではなかった。

鋭敏な嗅覚の持ち主はいとわしげに鼻にしわを寄せる。かすかだが不愉快なにおいを発しているのは花壇だった。

暗い土の表面に、それらは蛾のように黒翅を休めていた。

豹の虹彩が鋭くほそまり、紫衣につつむたくましい全身の筋肉がはりつめる。

看破されるや否や、留まっていた黒い翅はいっせいに土から剝がれるように舞い上がった。

蝶たちは舞いながら集まり回転し太い柱を形成した。

グインは険しく鼻にしわを寄せた。小さな虫が宿すはずもない、悪意じみたあやしい感覚が、蝶の柱から発せられている。

その柱は見るまに伸びあがり、うねくねり、変形した。

五タルザンも要さなかった。新たな獰猛なかたちを得るのに。

庭園の土に四肢を踏みしめた獣は、しなやかな体を前屈みにして威嚇をしている。唸り声は発していないが、すぐにも飛びかかれる体勢をとっている。

とっさに利き腕をかざし、魔剣を喚びだそうとした王だが、

(蝶それじたいは実体のあるもの。はたしてスナフキンの剣は有効か?)

わずかな逡巡のまに、黒い刺客は土を蹴っていた。

個別の虫がかたち作っているとは思えぬ、完璧な野獣の口吻、漆黒の牙が喉笛に食らいつく――

刹那に。

時間と空間の通常法則に、まったく別の法則が割り込んだかのようだった。

王が懐の護剣を抜いて獣の急所をえぐるより、それのほうが早かった。

溶けた銑鉄の色をした光の膜が、王の体と獣のはざ間に障壁《バリヤー》をはった次のまに、光の膜は球状にふくれあがる。つつみこまれた獣の正体は黒ヒョウであった。剝き出した牙の尖端から、尾の先までも球体に封じこめられ、ヒョウは展翅されたかのごとく静止した。

《――今すこしお体を離されたほうがよろしいかと》その声は頭の中でひびいた。

グインが言葉にしたがうと、光球は輝きをつよめ、淡い赤から白色に変化して燃え上がる。熱をはらんだ風が夜の庭に吹き渡った。

王は体に受けた熱によって、尋常でない燃焼が球状障壁で行なわれたことを悟る。黒ヒョウを構成した元素――蝶たち――は瞬時に蒸発したらしく失せていた。球体も消え

た。

　しかし、魔道のけはいはまだ消えていない。

「そこにおるのか？」

　豹のトパーズの目は暗い一画に据えられていた。

「畏れ入りましてございます」

　いんぎんな答えが先にあった。今度は心話ではない。豹頭王の視線がつらぬく先が、もやもや揺《いら》らぎだし《閉じた空間》から黒い道衣姿があらわれた。

「ドルニウス魔道師だな？」

「重ねて、畏れ入りまする。ケイロニアに名高い豹頭王グイン陛下に拝謁の栄をたまわり、落魄の身に余る僥倖、恐懼の至りにございます」

「ここはケイロニアだ。長々しい礼儀は不要。先般オクタヴィア殿下に名乗ったそうだが、そのほう——ヴァレリウス卿の下で働いていたというのはまことか？」

「ケイロニアに密偵をはたらいた科《とが》で捕らえられ罰せられましょうか……」

　グインはかすかに笑んだ。さいぜんの出来事さえも、魔道師に助けられたというより腕だめしの機会を得たに過ぎぬ。護剣に手ごたえがないときは、スナフキンの剣に替えてとどめを刺すくらいの余裕の表情である。

「そのほうを捕らえておく監獄を我が国は持たぬ。結界術に秀でた魔道師を抱えておらぬからな。——会ってみたかったぞドルニウス」

「もったいなきお言葉」

蝶が灰燼《かいじん》となった庭土にグインは目を落とし、

「サイロンでそなたがオクタヴィア殿下に予言した、黒い蝶がケイロニアを害する尖兵となる——その意味を問いたかったのだ」

「おそれながら、しばらくの間乞食《こつじき》に等しい辻占を営んでおりましたが、私などに、《まじない小路》の世捨て人のルカのごとき予言の力は備わっておりませぬ——なれども感じられるのです。強大なる獅子の足下に群がる蟻《チーチー》のごとき魔の害意だけは」

(同じことを闇の司祭も口にしておったな、俺だけに牙をむけるならよいが)

グインの内心は苦々しい。

「あのような怪異がサイロンの民、あるいは黒曜宮の者たちに降りかかった場合、最善の対抗策を講じねばならぬ」

「先刻のことは、獲物が陛下であったがゆえ、と申し上げて無礼と思われませぬよう。魔の種子には相手の持つエネルギーに呼応して成長をとげる特性があります。おそらく豹には豹となりて向かい、蟻には蟻となって害を及ぼすかと存じます」

「蟻となって——か、小さすぎても対処がしづらい」トルク騒動を思い出しぼやく。

「これよりオクタヴィア殿下は皇帝位に就かれ、ケイロニアは一大転機を迎えることになる。即位式には魔の一匹も介入させるわけにはいかぬ。オクタヴィアさまのおんため、むろんマリニア殿下のおんためでもある」

魔道師は黙っている。

「ドルニウス、オクタヴィアさまから聞いておる。おぬしは下町の民を相手に命を投げ出すふるまいに及んでいたと」

「………」

「ヴァレリウス宰相から命を受けるほどの魔道師が、自暴自棄にはしるからには相応の理由があろう。まさかヴァレリウス卿に見棄てられたわけではあるまい？」

やはり答えずますます深くフードをかたむける魔道師にグインは畳みかける。

「ヴァレリウス卿はなかなかの人物だ。好ましく思っておる。パロの宰相として、リンダ女王の補佐役として八面六臂の奮闘は聞くところだ。その上内乱後のクリスタル・パレスの再建と多くの問題解決にあたっておると聞く。かく云う記憶に障害を負った俺も世話になっておる」

ヴァレリウスはヨナ博士と協力しあい、グインの記憶障害に関する診療録と云うべきものを作製してくれていた。その詳細な診療録のおかげで「古代機械に入る前後でおのれの記憶がどのように変わったか」をグインは把握していた。が、内乱直後の「豹頭王の失踪」とも云うべき空白の期間に出会ったガンダルやマーロール伯などの記憶は自力で取り戻せはしても、ケイロニア軍と共にパロ・クリスタルに進攻し、ヤヌスの塔の核心に迫ったその折の、グインしか知り得ぬ事項はよみがえる兆《きざ》しもない。古代機械について、廃王レムスの呪われた王子アモン、もっとあやしくもっと邪悪なる翳《かげ》……。

消えた記憶の謎について最適の水先案内人《ガイド》であろう、魔道師宰相に思いをはせるグインを前に、落魄の魔道師はようよう言葉を発した。

「おそれながら……ヴァレリウス閣下が配下を見棄てることはありませぬ」

非人間的におのれを律し目的を遂行する、魔道師ギルドの魔道師はボッカの駒にもひとしいが、ドルニウスは上級魔道師への信頼を失くしていないようだ。

(やはりケイロニア情勢を探るどころではない事態が、ヴァレリウスの身辺に持ち上がりその対処に追われていると考えるべきところか。駐留大使として遣わしたディモスの報告は今やまったく信用ができぬ……)

おのれの内面に深く沈み込んだトパーズの目の光は暗かった。

「パロの魔道師」

「は」

ただひと言に圧されたかのように、伏した魔道師の道衣が地に薄べったく広がる。

「パロからの音信が途絶えた今、おぬしは異国ケイロニアに完全に切り離された身の上。落胆も自暴自棄も無理からぬ。密偵は発見次第国外退去を命じるきまりだが、ヴァレリウス卿が友誼の絆をむすぶ我が国に害毒をもたらすとも思われぬ」

グインの言葉はおだやかで、視線はいずこかに注がれ遠かった。

ははーとばかり黒衣の姿はひれ伏す。

「ケイロニア王の権限でケイロニア滞留を許そう」

「この身に余る温情をいただき、まことに有り難く存じまする」

「ヴァレリウス卿はおそらく――今このときもパロのためリンダ聖女王の御ため骨身を惜しまず働いておるだろうな」

「はい。そうであるにちがいありません……」

ドルニウスのつぶやきはおのれを納得させるかのようだ。

「そのヴァレリウス卿から魔道師とはいかなるものか蘊蓄《うんちく》を傾けられたことがある。亡き主君アキレウス大帝の在位記念式典の折りであった。卿はパロの使節団に随行してきたのだ。パロの魔道師にはいろいろと厳しい掟があると聞いておるが」

グインの深い思いはかるような言葉を魔道師は押しいただくように聞いていた。

「専らとする任を見失っているおぬしだ。タリッドで辻占のまねごとよりも、正しくケイロニアとケイロニア人のためなすべきことがあろう？　それは魔道師の掟を破ることになるのだろうか」

「え……」魔道師は虚をつかれたようだ。

「オクタヴィア殿下――近くケイロニア皇帝となられるオクタヴィア陛下と、その最愛の娘子を守護するため働いてほしい」

ドルニウスはしばらくとまどったようすでいたが、少ししてから感銘と諦観の綯《な》い混ざった目を豹頭の王者に注いでかしこまった。

「豹頭王陛下は魔道師の使い方をご存知のようだ……」

落魄の魔道師は頭を傾けてつぶやく。

「マリニアさまをお守りせよと仰せですね」

「そうだ。ものわかりがよいな」

「ケイロニアにひらめく不穏の影をヴァレリウス宰相が知れば、同じ命を下すと思いましたゆえ」

「さすが、ヴァレリウスの部下だな」

ひねくったもの云いに、グインは懐かしささえおぼえた。その一方で豹頭をめざましい速度で回転させていた。

（ダナエ侯を聖王家に伝わる毒で暗殺し、パロとの国境にまぼろしのゴーラ兵を現出させ、パロ大使を名乗った者に黒い蝶を舞わせ――ケイロニアとパロ間に亀裂を生じさせようとするたくらみがじょじょに進行している）

（聖王家の血をひくマリニアさまにも魔手が伸びぬともかぎらぬ。マリニアさまは聖王

家の血をひくと同時に、ケイロニア皇帝となられるオクタヴィアさま唯一最大の急所）

万が一マリニア殿下が勾引《かどわ》かされたら、新皇帝オクタヴィアは、一万スコーンの白金でも——否、自身の命を引きかえにしても、卑劣なる要求を呑むことになろう。

それが何を意味するか？

（六十五代続いて来たケイロニウス皇帝家の終焉となる）

見えざる魔の手はワルスタット侯ディモスを翻心させた者と同一かもしれぬ……。

「——おそれながら、豹頭王陛下」

ドルニウスの声がグインをもの思いからひきもどした。

「マリニアさまがオクタヴィアさまの《バルギリウスの肩》であるならば、グイン陛下のシレノスの貝殻骨であらせられるもうひとりの皇女殿下——売国妃の汚名を着せられたお妃さまの安否をこそ案じていらっしゃるのでは？」

「ドルニウス」

豹の目がカッとみひらかれ、牙の間から炎の舌が吐かれる。

「シルヴィア殿下のゆくえを知っているのか？　おぬしは」

シルヴィアが再び拉致されたと知ったそのときから、グインはかたときもそのことを忘れてはいなかった。

ケイロニア全土に張り巡らされた《豹の目、豹の耳》ケイロニア王の情報網にもいまだ有益な情報はかかっていない。唯一、地下酒場での惨劇の後シルヴィアが連れ去られた翌日に、サイロン街道をダナエに向かって黒い箱馬車が走り抜けていったという目撃の裏付けをもとめて、《竜の歯部隊》のカリスと、シルヴィアの心友とも云えるアウロラはダナエに飛んでいた。

グインはアウロラから伝えられた予言の言葉を口にした。

「嫉妬と絶望の双児を産み、闇の聖母と成さしめる――」

シルヴィアという女人の業とねじれた運命とを象徴するかのような言霊である。

「まじない小路の予言者ルカの言葉だ。おぬしはどう思うか？」

「つよい言霊は音楽がそうであるように、その響きの尾をながく空気中に漂わせ残すものでございます。おそれながら予言は、陛下の掌中の珠、ご愛妾との間にもうけられた光ある双児に対し、シルヴィア王妃が産むものは闇ばかりである、という揶揄かと……」

「ルカが不謹慎な予言をするとは考えられぬ」

「ならばもうひとつ闇の聖母に思うことを。ヴァルーサさまが豹頭王陛下を光と慈愛でつつむのなら、闇の中で不浄の行為をはたらいた者こそ……やはり諧謔《かいぎゃく》がにおいます

る」

暗い陰気な声。女犯を禁じられた魔道師のあからさまな嫌みである。

「──シリウス王子なら」

声音が変わって、グインは髭をぴくりとさせる。

「これだけは云えまする。アキレウス帝のご葬儀にて、皇帝家の御名をけがすふるまいに及んだ者にお気をつけなさいませ。ケルートという者には、ケイロニアに波乱をもたらす相が見えました。──《閉じた空間》からかいま見て危惧をおぼえました」

「ケルートか？」

トパーズ色の目がするどく細められた。

2

来る即位式の出席者を確認するハゾスの手がはたと止まった。

（ディモスが……）

ワルスタット侯ディモスは出席の意思を明らかにしていた。本来なら喜ばしいことだが、パロ駐在大使に赴いてから、皇位継承者会議に欠席、あまつさえグインへの不信任票を送り付けた上、怪情報も聞いている……。ケイロニア宰相の額に影がさした。

その一方で、水害の慰問のさなかに倒れ、ベルデランド領のナタール城で加療中のローデス侯ロベルトからの連絡はいまだない。ナタール城の主ベルデランド侯ユリアスからもである。

（ロベルトの病はよほど重いのか。ユリアスも、新皇帝即位の際は黒曜宮に上ってくるものと思っていたが、それもかなわぬか）

＊　＊　＊

〈鬼の岩屋〉に身を置いて、ユリアスは嫉妬に似た感情をおぼえていた。

女たちの笑い声に幼子の泣き声が混じる。むっちり太った赤子だ。よしよしと抱いて揺すられ、乳をもらってようやく泣きやむ。するとまた別の子がむずかりだす。泣いて笑って乳をもらう、それだけが仕事のおさない命、その母親たち、それにもうすぐ母親になる女たち。みな赤毛だった。タルーアンの女ばかりだ。

そこは天然の洞穴をつくりかえ、半地下に広がる大きな住居にしている。真下を流れる鉱泉のおかげで冬でも暖かい。あざらし《ペアール》の敷き皮や毛織物が岩の面を覆って、人がまじくしつらえてある。

この季節タルーアンの男たちはノルン海に船を出し、あるいはナタール大森林に冬ごもり前の獲物を狩る。野生の風のように生きるタルーアン、ケイロニア人よりさらに大柄なたくましいタルーアンにとっても、冬から春にかけての季節、出産し産まれて間もない子を安全に育てられる場所は貴重だ。産屋はケイロニア人から「鬼の岩屋」と呼ばれているが、タルーアン族にはきわめて聖なる場所。聖所であるから神官が居る。タルーアンのそれは「サーリャの巫女《ヴィダ》」と呼ばれている。

その巫女があぐらをかいて座る前を、とっとっと危なっかしい足どりで歩いていた子が転んだ。転んだ勢いででんぐり返ったが泣き出さずに、自分自身の失敗に驚いた子猫のように大きく目をみはる。

ふしぎな目をしている。片方は澄んだ青、もう片方は闇の色。

それに女たちが抱いて乳をふくませている子より年回りが上だ。茶がかった金髪をふさふさ生やし、顔立ちも嬰児のものではない。体つきはほっそりしている。

「シリウス、どうした？　痛くはなかったか」

ヴィダが問う、目を細めて。まるで孫を見るような目をしている。孫がいてもおかしくない年齢《とし》だがサーリャの巫女には似つかわしくない表情だ、とユリアスは思う。

先のベルデランド選帝侯とタルーアンの巫女との間に産まれた彼は、無骨な顔にさっきから複雑な表情を浮かべている。

「ユリアスさま、なんだか顔がこわい。酒が足りてないのか？」

糖蜜酒《ユール》をすすめてきた大柄な女をにらんで、

「ルマ、お前は飲み過ぎだぞ」

「かたいことをいう、選帝侯さまは。あたしには難行苦行が待ってる。ちょっとくらい飲んではめを外したっていいだろう」

ルマは妊婦ではなかった。筋肉質でがっしりしている。この冬から巫女の修行を始めるらしい。サーリャの巫女は世襲ではなく、素質を認められた者が修行して継ぐのだ、とユリアスはヴィダから聞いていた。

「ちょっと――とは云えぬ量を呑んでるぞ」

ユリアスが持参した酒の革袋はだいぶ萎《しぼ》んでいた。

「あはは、かたい、かたい、かたい」ルマが笑うと、

「かたい、かたい」

ヴィダがくり返す。それをシリウスがまねる。

「かたい、かたい」

ぞんがい明瞭な発音である。

「そなたは賢い、賢い」

「ちょなった、かてぃこ、かてこい」

ヴィダが笑い、ルマが笑い、さざめくように母親たちが笑い合う。

シリウスはきょとんとし、ユリアスはなおさら顔をしかめる。色違いの目が苦い表情をじっと見つめる。女ばかりの産屋にひとりだけ紛れ込んだ男を異質なものと見做してか――

「そうら、やっぱり、こわいと思われているんだよ」

酔っぱらったルマが指をさす。

「こわいか？」

ユリアスはシリウスに大人に対するように話しかけた。

シリウスは答えず、ただ見つめかえしている。

（この子はときどき、まるで俺の心をのぞき見るようだ）

水害に見舞われた村でただひとり救われた命。シリウスにユリアスは因縁めいたものを感じずにいられなかった。ふしぎな夢にその存在と邂逅《かいこう》をあらかじめ知らされ、雌馬の腹からその手で取り上げた。産科医のように息を詰まらせていた子を蘇生させ、あやしい瞳を間近く知ったとき激しい戦慄をおぼえた。運命そのものを抱きとったかのように激しくも重い——この命をつなげたからには無事に立派に生い立たせねばならぬ責任感のようなものだった。男やもめのユリアスは悩んだすえにナタール城で乳母に育てさせるのではなく、「鬼の岩屋」でサーリャの巫女に——実の母に養育を頼むことにした。

岩屋に連れられてきたシリウスをひと目みるなり、ヴィダはこう云った。

「それがお前の夢に出てきた妖魅か？　シリウス、闇と光の王子といっていたか……」

何も云わぬ先に云いあてられたことよりも、ユリアスの心のうちに響いた予言を聴き取られていた、巫女には何ひとつ隠しだては出来ぬと悟って、

「この子を抱いたとき俺はヤーンの羽搏《はばた》きに触れたような気がした。……目のことだけではなく特別な運命を負う子どもではないかと」

「ヤーンを信じるのは中原の人間だ」

「わかっている。だからこそ、ヤーンの支配の及ばぬところなら、おだやかに健やかに生い立つのではないかと思って連れてきた」

巫女はそれを詭弁とは云わなかった。それ以上くわしい説明も求めない。じっとシリウスを見つめしばらく考えていたが、「育てよう」と短く云うと手をさしのべた。

このときユリアスは、シリウスという子どもが引き寄せる《闇と光》の運命を知り得なかった。

今、ヴィダにあやされるシリウスに、ユリアスが注ぐ目には屈折の気味がある。ユリアス自身も自覚している。手放しで可愛がるヴィダが羨ましく、やはり少し妬ましい。

「こわい顔」のゆえんだが、かすかな不安もあった。

（ヤーンとは無慈悲な神だ。父上も異母弟《おとうと》もリディアも奪った……。だがここはタルーアンの岩屋。ヤーンの手の中にはない。どんなに雨が降ろうとも浸水などしないだろうし、古い地層は地震にも強いと聞く。それにもし不測の事態が起きたとしても――）

ユリアスは、シリウスを膝に乗せているヴィダに視線をそそぐ。

（ヴィダには霊能力がある。危険が近づけばシリウスだけではない、みなを安全な境へと導いてくれる）

ベルデランド侯はタルーアンの巫女を信頼しきっていた。

その巫女が云った。

「馬が近づいて来た――城の者か？」

城と云えばナタール城、ユリアスの居城を指している。

ほどなくして聞こえた馬のいななき、鞍を降りる音と慌ただしい足音は、岩屋の平安を破る先触れのようにも感ぜられた。

「何ごとだ」

ユリアスは立ち上がり音がした入り口に向かう。ルマが付いてゆく。壁に立てかけられた長い棒を手にとって。

入り口に立っていたのは少年だった。マントからのぞく瀟洒な胴着。少年はローデス侯ロベルトの小姓だった。

「ベルデランド侯ユリアスさま……」

岩場に膝をついて礼をする小姓の顔は憔悴しきっていた。

ユリアスの胸にいやな予感がきざした。

（……ロベルトの容態が悪化したか？）

ロベルトが倒れたのは「もともと丈夫と云えぬお体なのに、足の怪我も癒えぬのに長旅を強行されたのが祟った」と医師は云ったが、ユリアスには別の理由が思いやれた。

（ロベルトの心は罪もない領民の命が失われたことに堪えられなかったのだ）

ナタール城の天蓋の付いた寝台で、昏々と眠りつづけるロベルトの顔は疲れきった幼子のようだった。ユリアスや小姓の呼びかけに応えることも二度三度あったが、十日を過ぎても意識はかえらず医師は治療しあぐねていた。

「御典医どのから、ユリアスさまをお呼びするようにと——今夜が峠だと、ロベルトさまは……」

小姓は青ざめその声はとめどなく震えていた。

＊　＊　＊

「ロベルトお兄さま！」

「ロベルトさま」

「ロベルト」

何人もの声が聞こえてくる。遠いところから。

おそろしく遠い……その声はおそらくナタール河の彼方から、かれを呼んでいるのだろう。声の主たちはとうにナタールに奪われているのだから。ロベルトの父も兄も双児の妹もナタールの流れに呑まれて亡くなった。

（でもわたしは恨まない。恨みはすまい、ナタールを。ローデスにそしてベルデランドにも豊かな恵みをもたらす、母なるナタールの河を）

肉親たち。愛されたくとも温もりをたしかめることはかなわぬ。記憶でしかない、はかない者たち。記憶の声さえも薄れかけていることに気付き、ロベルトは見えぬ目に涙をうかべた。

（恨まない、母なる河、父なる大地、神の手なる運命をわたしはけっして恨みはせぬ）

そうやっておのれに云いきかさねば、心がくじけ、誓いをやぶってしまいそうだ。恨んで、恨んで、憎んでしまいそうだった。ヤーンがさだめたまいし運命を恨まない、ロベルトが人生の最初にたてた誓いであった。

やがて声が変わった。

「これほどおきれいで、聡明なお坊ちゃまなのに。おかわいそうに、」

物心ついた頃よりかれを取り巻いていた、世話係や近習たちの声。

ロベルトの耳は特別だ。声の響きから人々の思いを聴き分けた。同情、心配、わずかな段差にもつまずかせぬよう、城の者たちはロベルトを過保護なほど気づかった。それを煩《わずら》わしく思ってはならないのだ、と思っていた。

だからこそユリアスに救われた。ベルデランド選帝侯を継いだユリアス、タルーアンの血をひく強くたくましいユリアス。彼から同情めいたものは一切感じなかった。ナタールの夏の風のように接してくれる幼なじみはロベルトの誇りだった。

そのユリアスが妻にしたのはロベルトの双児の妹、リディアだった。リディアは短い一生をナタールに閉じた。リディアだけではない。選帝侯を継ぐはずだった兄が水死し、その後を追うように父もナタールに浮かんだ姿で発見された。相次いで見舞った悲劇が、盲目のローデス選帝侯を誕生させたのだった。

健常な、文武に秀でた兄を悼む声に隠れて、それまでとは響きの異なる「おかわいそうな、ロベルトさま」が漏れきこえた。

ロベルトはサイロンに上り黒曜宮の広間でアキレウス帝に拝謁した。小姓にみちびかれ獅子の玉座の前までゆくと、床に額《ぬか》づいて、作法にしたがってローデス選帝侯を継いだことを正式に報告する。はじめての黒曜宮、はじめて偉大なケイロニア皇帝の御前に進み出て、緊張もせず、ふしぎなくらい不安もなかったが、

「そなたがロベルト・ローディンか」

帝王にふさわしい重厚な声がひびき、玉座から降りてきて、じきじきに手をとってもらったときはじめて怖れがしのびいった。

（皇帝陛下も同じだろうか、わたしを憐れに思われているのだろうか）

憐れまれるのが嫌なのではなかった。が、幼なじみのユリアスのように、同等な人間に認めてほしい！　せつなに思いが大きくふくれあがった。

「――ロベルト」

獅子心皇帝アキレウスの声音には温かみがあった。

「そなたの亡父からたいそう聡明な息子だと聞いておった。これより黒曜宮にあっては皇帝の相談役となって、ケイロニアの政事《まつりごと》に力を貸してほしい」

アキレウスの声は大きくはなかったが、ロベルトは雷鳴を聞いたようにおののき、ひ

れ伏して帝王の衣の端にくちづけた。

「陛下、アキレウス大帝陛下！　わたしに出来ますれば、この命ある限りお尽くしいたします」

この命ある限り——言葉の熱にロベルト自身がおどろいた。おのれのうちにケイロニア皇帝に捧げるに足る熱情がひそんでいたことに。そして、たったひと言で、同情され護られる立場しか知らずにきたロベルトから、ケイロニアが誇る十二選帝侯のひとりとしての自覚と自立心を引き出したアキレウスに改めて崇敬の念をいだいた。

ロベルトの「世界」は格段と広がった。もともと勉強好きで書庫のすべての本を近習に読ませ記憶力にもすぐれるから、教養の面で羞じるところはなかったが、黒曜宮の博士や有識者と語り論じあうことがその知性に磨きをかけた。

アキレウスと共にあって、国政にたずさわり、民の幸福を考え、ロベルトは思い知った。労《いたわ》りの心をかたちにする術はある。「世界」とはただ甘受するものではなく、触れはたらきかけるものだ。それもまた選帝侯としてひとりの人間として認められた自信のあらわれだった。黒曜宮の廊下を小姓にみちびかれるロベルトが「おかわいそう」の声を耳にすることはもはやなかった。

アキレウスがロベルトのためにしばしば催した演奏会も忘れ得ぬ、ひとときだった。「ケイロニア・ワルツ」「ナタール河の白鳥の歌」「風が丘の恋歌」。皇帝付きの楽隊によるすばらしい演奏！　美酒よりも美女よりも、かれを愉しませ慰めた。

豹頭の百竜長として、グインが宮廷に現われたときには、その手で「生けるシレノス」に触れることができた。それはなんと稀有な体験であっただろう！

広間の中央でワルツを披露することや、観兵式において馬上采配することはなくても、ロベルトの黒曜宮での日々は充足したものだった。

シルヴィアの醜行《しゅうこう》、黒死病の流行、アキレウスの病臥《びょうが》がなければ……。

（ヤーンを恨まない）信条をここにきてロベルトは持ち続ける自信がなかった。ヤーンは、皇帝家の人間も一介の民草もくべつなく、荒れ狂うナタールに投げ込み激しく翻弄する意思をかためたかと恨み、痛哭した。

どんなに嘆いても神を恨んでも運命は変えられぬ、その感得と諦観が、かれを高僧のように見せていたが、人間であるからには、堪《こら》えきれぬ痛苦はあったのだ。

アキレウスの死に、股肱《ここう》の臣として寵幸《ちょうこう》を賜った者の精神は打ち砕かれた。

星稜宮において、アキレウスとオクタヴィア母子と暮らした、おだやかな日々は永久に失われた。あっけなくむごく！　怒号など発したこともないロベルトが激情に身を揉んだ。それほどアキレウスとの日々はかけがえのないものだった。

さらに追い討ちをかけるように、アキレウスの大喪の前夜、ナタール大水害の報を受け取り——そのときすでにロベルトの心身は限界に来ていたのだろう。

夜を日についで馬車を走らせ、シリウスを——アキレウスのもうひとりの孫、ケイロニア皇帝の血をひく男児を——縁付けたブレーンの村に達し、完全に水がひかずにいる泥濘《でいねい》を数歩あゆんで、その手で泥をすくいとった。その絶望的な冷たさに、シリウス王子の死を確信して——

ロベルトに意識があったのはそこまでだった。


どうどうと、おそろしい量の水が、轟音をたてて流れている。

（あれはナタールの声なのか、それとも神そのひとが怒っているのか）

（わたしたち人間は神を怒らせる、いかなる罪を犯したというのだろう）

（ああ、ナタールよ、ナタールとヴァーラス最北の地の母なる大河よ！　その怒りいまだしずまらぬのなら、この身を、もはや生きる気力をうしなった我が身を捧げよう、受け取って、怒りをしずめるがいい）

（お父さま、お兄さま、二十歳にもなっていなかったリディアをも懐深く沈めた、無慈悲なナタールよ！）

（さあ——）

死はおそろしくなかった。ナタール河には、死者を冥界に連れてゆく神話もまたあるのだ。長大な流れの果てで、現世でひき離された肉親や、愛する人と再会できるのなら、むしろめでたいではないか？

（お父さま、お母さま、お兄さま、リディア——）

ロベルトは呼ばわりながら、川音がするほうへ歩きだそうとする。闇の中を一歩一歩と——。

（あちらでアキレウスさまに巡り会えたら、まずお詫びを申し上げねば。選帝侯の身で、大喪の儀に欠席したこと。唯一の男の王子の命をお護りできなかった、死に追いやったことこそ深くお詫び申し上げねば……）

施政上のあやまちを認めることは選帝侯には何より辛い。アキレウスの御前ではいつも「聡明なロベルト」でありたかったからだ。

（それでも謝ろう。謝らねば気が済まない）

身体的には恵まれてはいないがロベルトの気質はケイロニア人そのもの。誠実だった。胸のおくのわだかまりに決着をつけると足どりまで軽くなった。ひっきりなしの熱と疼痛も嘘のように消えている。

（ああ、もうすぐ、懐かしい人たちに会える。黄泉はドールの国と云われるけれど、闇はわたしの慣れ親しんだ世界。いや——あちらでは、手でさぐってかたちを知ることも無いのか。ならばアキレウスさまのお顔を拝見する願いがかなう。よろこばしいことだ）

いっそう歩みが軽くなる。杖がなくても危ぶみなく歩ける。

流れの音がすぐそばでしている。

（シリウス）

ふと色違いの瞳を持つ王子の名を口にのぼらせた。シルヴィアの罪の子を、ハゾスから取り上げ、ナタールの村に縁付ける手続きをしたとき、一生妻帯しないだろうと思っていたかれが、まるで我が子を養子に出すような感覚にとらわれたことを思い出す。

（光と闇の結婚で生まれた——あの子はわたしにとっても特別だったようだ）

（色のちがう目に、大人たちの姿は、どのように映しとられていたのだろう？）

（ひとつ確かに云えるのは、たとえどのような出自であろうとも、子どもの生きる道のりに差をつけてはならない、ということだ。大ケイロニア、黒曜宮に唯一欠落していた点だ）

一瞬だけ施政者の思考にたちもどり、うなづいてからまた一歩を踏み出す。もうあと一歩か二歩で闇のナタールの川面に達するはずだった。

ロベルトは此岸《しがん》の方向をかえりみた。

（……ユリアス）

唯一気がかりな人の名を最後の最後につぶやいた。

（わたしがいってしまったら、ユリアスは今度こそひとりだ。ユリアスも父上と弟君を

失くしている。リディアも失った……。ベルデランドとローデスをひとりで治めることになろう）

ロベルトにとってユリアスは雪解けのナタールのような存在だった。温かい手、ひくいおだやかな声音、その双眸は晴れた日のナタールの色をしていると近習から聞いている。

（だがユリアスなら大丈夫、体も心も健やかでたくましい。わたしに無いものすべてが揃っている。ひとりでも生きてゆける……）

無責任な考えに傾くのを止められなかった。

（わたしは疲れてしまった。もういちど星稜宮のときのように、幸せに暮らしたい、それだけ……）

思い切るようにつぶやくと、ロベルトは大きく一歩を闇の河に踏み出そうとした。

そこで、聞こえてきた。

「……ロベルト、いかないでくれ」

かすれ気味の声に聞きおぼえがあった。

「もどってくるんだ、ロベルト！」

真摯な叫びは物理的な力をともなって、黄泉の河に惹かれる者をふり向かせた。

「………ァ…」

「ロベルト、気がついたか？」

ユリアスの声、ロベルトの片手を握っている大きな手もユリアスのものだ。意識をとりもどしたロベルトにはすぐにわかった。ユリアスはいつもと違い過ぎていた。声がかすれ、手の平に汗をかいている。

「眠りつづけていたのだ、今まで」

ユリアスのその言葉で、はじめて、ロベルトは川音が消えているのに気付いた。

「……ナタール」

「そうだ。ナタールの岸辺の村で、災害の大きさを知って、お前はそのまま倒れた」

「ちが……」

声を出すと胸に何本も針がつき刺さる痛みをおぼえた。

「大丈夫か？　先生、ロベルトは？」

「峠は越えられました。お脈も安定してきており、一安心というところです」

医師の声だけずいぶん遠いところから聞こえてくる。

「なんとしてもロベルトを助けて下さい」

「水と薬を飲み込めるようになれば、大丈夫です。カシスにかけて回復されます」

医師らしい手に吸い飲みの尖《さき》をあてがわれ、ロベルトは薬くさい水を少しずつすすり込んだ。苦みがのどを刺激して吐きそうになるが我慢する。

「薬が効いてくれれば胸のつかえがとれ呼吸が楽になりますよ」

　ロベルトはささやいた。

「ユリアス」

「まだ苦しいか？　もう少しの辛抱で楽になる。……よかった、持ち直してくれて」

　ユリアスの声は湿っていた。ロベルトは顔にぬるい水滴が落ちてきたのを感じた。鼻筋をつたって口にはいると、それは少し塩からかった。

（わたしをひきもどしたのはユリアスだったか）

　ともすれば眠りの淵にひき込まれそうだったが、アキレウスの顔を確かめられなかった落胆と、シリウスへの罪悪感は変わらずロベルトのうちにあった。

3

　ダナエ選帝侯領は南のほうに位置するため気候はおだやか、土地はたいらで収穫期ともなれば広大なガティ畑は金一色に覆いつくされる。ケイロニアの穀倉地帯のひとつだ。沃野《よくや》は果樹栽培にも適しており、豊かな森は鳥獣の宝庫でもある。

　めぐまれた土地柄ゆえ、四季を通してその収穫は、領主に高い収益と――ぜいたくな暮らしをもたらした。

　近世のケイロン様式の城は、左右対称の庭園に取り巻かれている。城の内部には大理石と黄金がふんだんに使われ、侯家の親族の居室は特に間取りが広く華美である。その部屋も壁には絵とタピストリがかけられ、部屋の中央の飾り台にロザリアの花をたくさん活けた花瓶が置かれていた。

　飾り台の前に立つ初老の貴婦人の声音には、ロザリアの葉と茎のあいだに生えるようなトゲがあった。

「大喪の儀では、ダナエ侯家に泥を塗るようなふるまいをしでかしたと聞いておるが、羞ずかしげもなくよく帰ってこれたこと。生まれの卑しい者はこれだから――」口もとに手をやり嘲笑する。

袖口や胸元にレースをあしらったパロふうの優美なドレスをまとっているが、痩せてたおやかさを欠いた体型と、狐のようにつり上がった目が衣裳をだいなしにしている、と、彼女の前にひざまずく者は心の中でこき下ろしていた。

「お言葉ですが、その――シリウスと名付けられた子を、ダナエ選帝侯の遺児としてひきとる、という話をすすめていたのは、ダナエ侯家であって……」

男は青黒い顔を上げ云い返そうとした。

「おだまり！　本来なら爵位を召し上げてよいところですよ」

亡きダナエ侯の母親ルシンダに怒鳴りつけられ、ケルート――大喪の儀でシルヴィアとライオスの醜聞をあばきたて、グイン王によって退けられた伯爵である――は歯ぎしりをこらえつつも姿勢だけは崩さずにいた。

「ふだんのお前を見ていれば想像ができる。下品な振る舞いでひんしゅくを買い、しりぞけられたのであろう？　なんて、あさはかで下等なつむりの持ち主なの！　ああ、やはりあたくしが列席し、手順を踏んで申し入れるべきだった……」

ルシンダはいらいらと結い髪を振る。

「ダナエの正統な血をつなぐ子どもは、今やそのシリウスしかいないというのに！」

この嘆きぶりはケルートを大いに白けさせ複雑な気分をつのらせた。

急逝したライオスと新妻サルビア姫の間に子どもはいまだなかった。ルシンダ夫人の子はライオスただひとり。そもそもルシンダは先々代のダナエ侯のひとり娘だったため、婿養子が迎えられ先代のダナエ侯を名乗った。男子優先のしきたりに則った継承だったわけだが、問題は……ルシンダの夫先代ダナエ侯はライオス以外にも男子をもうけていたことだ。

ケルートが育ったのは城ではない、洗濯女の母親に市井で育てられた。母親は城に仕えていたときに先の選帝侯つまりライオスの父と通じ、ルシンダ夫人に浮気が発覚することをおそれ城下で私生児を産み育てたのだ。

先代ダナエ侯は余命の短きを知って、夫人に浮気を詫び、庶子を城に呼び寄せて再会を果たした。ケルートは臨終の父侯から爵位をさずけられたが正式には認知されなかった。よほどダナエ直系のルシンダが怖かったのか……。

たしかにルシンダの性格は険しく、侯家の一の姫という自尊心もある。ケルートに対する態度は冷ややかでつねに見下したものだった。失態や無作法を必要以上に責めたてるとき「夫を盗んだ女の子ども」への嫌悪が見え隠れした。少年時代のケルートもまたルシンダを嫌っていた。

ダナエ侯ライオスの死と、ライオスの庶子であるシリウスの存在は、ルシンダとケルートの根深い確執をやっかいなかたちで再燃させた。

ことの起こりはライオスの日記だった。

グイン王にケルートが、「証拠はある！」と啖呵を切った日記は存在していた。

ダナエ侯ライオスの筆跡による、亡くなる前日まで付けられていた日記。幽閉される前のシルヴィアと黒曜宮の中庭でかさねた逢瀬のいちぶしじゅうが書き綴られた、それをライオスの遺品の中に見つけだしたのはケルートだった。

ケルートが証人に日記のありかを示唆された段階では、このねたを最大限自分の利益になるように使うつもりだった。ダナエにおける地位を向上させるための切り札に。ルシンダに頭をおさえつけられ、蔑まれるのはもううんざりだ。彼女が実権を手放すまで十年以上かかるだろう。

むしろ落とし胤《だね》なんて見つからないほうがいい。ケイロニア皇帝の直系でもある事実はやっかいだ。さりとて日記を書き換えるわけにもいかない。

そのへんの孤児をダナエ侯の庶子に仕立て上げて、自分が後ろ盾になって実権を握れるようにする、うまみはいくらでもある――あれこれ考えをめぐらすうちにルシンダに見つかってしまった。

「何をしているのです？　ライオスのものを盗み出そうとでもしているの？」

ルシンダに猜疑の目を向けられ、騒ぎたてられるのも面倒だと思って「日記の真実」

を教えてしまった。

ルシンダは日記に書かれた内容をすっかり信じ込んだ。

「ハゾスに連れ去られたというその子どもこそダナエ侯家の希望、どんな手を使ってもよいから連れてきておくれ！」

この時点でルシンダに理性があったとは思われず、子どもの生死もさだかでなかったが、ケルートは傭兵をローデスに遣ると約束した上で話をすすめた。

「大帝の葬儀には私が代理で出席し、ライオスさまとシルヴィア妃の間に男児が産まれていた事実を明らかにし、皇帝家にダナエ選帝侯の嫡子として認めさせることにします。落とし胤が認知されれば安心でしょう？」

いささか苦し紛れの提案にルシンダは乗ってきた。

「大喪の儀にはわたしが出席するつもりだったが、では、急病ということにしてとりやめ、代理にお前を立てることにする。なんとしてもライオスの子を認知し、ダナエ侯家の正統な絆をとり結ばねばなりませぬぞ」

そうしていったん手を結んだが、いざ連繋に障害がでれば、互いの命綱を切り離し相手を崖下に蹴落とすのはじゅうぶん考えられたのだ……。

（牝狐め！　ここで手の平をかえすつもりか？）

ケルートは胸のうちで毒づくがここまでの計略がことごとく裏目に出たのもたしかだ。

ローデスに派遣した傭兵はひとりも戻ってこず、大喪の儀でシルヴィアとライオスの醜聞を暴露したのは《売国妃シルヴィア》を豹頭王は切り捨てたと踏んだ上でのものだったが、それは早計であったようだ。豹頭王は「シルヴィアは売国妃ではない」と云い切り、それればかりか法律をたてにシリウスの父親宣言をしてのけた。なにもかもケルートの思惑のはるか上をいっていた。だがここで敗けを認めたら爵位を剥奪されダナエを追放される怖れすらある。ルシンダならやりかねない。想像するだにケルートは背中にいやな汗をかいた。

ルシンダはくちびるをゆがめ憎々しげに云った。

「ほんに愚かな能無しだ。わざわざ黒曜宮まで赴いて、みなの面前で豹頭王に子どもの権利を奪われたのではないか」

ケルートは上目づかいに反論する。

「あんな……思いつきのような法律、なんだというのです？　血は水より濃いとは道理ではありませんか。子どもは実の親にひきとられるべきだ。黒曜宮はグインの牙城、法とは名ばかりの、うちうちで根回しされた理にあわぬ屁理屈に過ぎません。そんなものに従ういわれなどはない。そうです！　こちらには証拠の日記がある」

「……日記など。偽造でもなんでも出来るくらいに思われておるのだろう。衣冠をきわめた者が大勢の前で宣言すれば、たちまち実となり人事をさだめる。権威とはそういうものじゃ。権力者をあなどらぬほうがよい」

　ダナエ直系の姫はおごそかに云いわたした。その言葉は真実と、高貴な血筋の者のみにゆるされた洞察力を感じさせるものだ。侮蔑より嘲笑より、そのもの云いこそ、ケルトには苦痛であった。生まれ育ちをつきつけられ、にわかに自分がルシンダの云うとおりの者に思えてくる……。

（俺は下賤の虫けらなんかじゃねえ、俺にだって……）

「お前のような愚か者のせいで、うるわしきダナエの地は正嫡なしとして、ケイロニウス皇帝家か隣り合う選帝侯たちに割譲される憂き目にあうと決まったようなもの……かえすがえすも口惜しい」

　彼女は侍女たちにでも嘆く調子だったようだが、賢い侍女たちが口が裂けても口にださないことを、この夜なさぬ仲の息子は云い返した。

「――義母上は、この私にもダナエ侯家を継ぐ資格がある、ということをお忘れなのですか？」

「なんじゃと？」

　つり上がった目がくわっと炎を噴いた。

「――たぶん、ライオス殿の忘れ形見はすでにこの世にない。あの豹頭王が捜索してもまだ見つからないのだ。生きているはずなんてない」

ケルートはルシンダを逆撫でにするような云い方をしていた。

「男子優先のケイロニアで、ライオスが亡くなった時点で、継承の資格があったのは私ひとりのはずだ。反対していたのは、義母上あなただけ――」

「母などと呼ぶでない！　お前に呼ばれると総身がざわつく」

ルシンダの嫌悪と怒りはひと通りではなかった。いとわしいものを見る目つき、そこにはティアの恨みの炎が燃えている。消え去ることのない遺恨と憎しみが。

ルシンダの悪感情にケルートは煽られたようだった。

「二言目には、ダナエを絶やしたくないと云いながら、あなたがいってることはつじつまが合わない。あなたは認めようとしないが、亡き父上は伯爵位を授けることで私を選帝侯に次ぐ地位に就けたのだ。その私の存在をなんで無視する。なぜ見も知らぬ子でなければならないんだ？　しかも売国妃と呼ばれている悪女の子。そんな子どもにも劣る理由《わけ》があるなら教えてくれ」

ルシンダはケルートを睨みつけていたが、すこし間を置いて吐きだされた言葉は熱くはなかった。城に呼ばれたときから庶子が慣れ親しんできた氷の炎だった。

「当然のことを言葉にしなければわからぬのか、浅慮の愚か者」うすい口をゆがめ、「ならば云うてやる。憎いからじゃ。お前を見るたび思い出さずにいられぬ、母親の泥棒猫のことを、そのしでかした所業を。憎うて憎うてたまらない者を、このあたくし―

——ダナエの正統な血をひくあたくしが、ダナエ侯家の一員とみなしていると思っていたのか、愚かな……よく聞いておぼえておくがよい。未来永劫、お前を選帝侯の座には就かせない」

はっきりと云いわたされたのはそれがはじめてだった。

お前を選帝侯の座には就かせない——その言葉に激したひびきはなかった。むしろしずかな、かれが嫌悪してやまぬおごそかな気品がたたえられていた。

あたかも——

女神のようだった。人間的な情をもたない。苛烈で残酷、絶対的な宣言をケルートは憎んだ。全身全霊をかけて否定した。

（この牝狐め、首を罠にかけてつっこんでくたばりやがれ！）

ルシンダのうちにあったティアの炎が、そっくりケルートに移され熱を発した。それは瞬時に全身にゆきわたり、青黒い顔を血のいろに染めた。

ルシンダの指弾はまちがってはいなかった。市井では悪童仲間から「私生児」「父なし児」とそしられて育ったケルートは、短慮の気質がつよく、いったん怒りに点火するとおさえが効かなくなる。圧を増すものがケルートの顔に危険な相を浮かびあがらせた。

「その顔は何です？　云いたいことがあれば口に出して云えばよい。どれほど愚かでも舌くらいまわるであろうに。動かしてごらん？　舌さきも動かぬのか、愚か者」

執拗な言葉なぶりが、煮えたつ直前のものに噴き出すきっかけを与えた。あっと云うひまも与えず、ケルートは両手をレースにつつまれたしわの多い首に巻き付けた。

「ううっ……！」

ルシンダは身もがき凶行から逃れようとしたが無駄だった。のどに指を重ねて力をこめられ悲鳴すらしぼりだせぬ。苦し紛れにルシンダが振り回す腕の、長い袖が飾り棚の花瓶に当たって落ちた。厚い絨毯のせいで割れはしなかったが、水とロザリアの花が部屋中に撒き散らされた。

やがて抵抗する力も失せ、ずるりと手が下がり、全身の緊張がほどけぐったりする。その顔は散らばった花と同じくらい青い……。

そこでケルートは我にかえって手を放した。ルシンダの体はそのまま床にくずれ落ちた。

（殺してしまった……）

ケルートは鉤のように曲がったままの、おのれの指をみつめて呻いた。

（殺してしまった、ダナエ侯家を牛耳る女を。この手で、ついに……）

おのれ自身の声ががんがんと頭蓋のうちにひびく。取り返しのつかないことをした、との思いに心身を殴りつけられるようだ。

ケルートは廊下を逃れるように走りだした。地に足がついていないようだ。途中で何かにぶつかっても、それが誰か、ルシンダの侍女のひとりであることも、なかば自分をうしなった彼にはわからなかった。

侍女は開け放たれた扉の中を見て、

「きゃああ！　奥さま」

かん高い悲鳴をあげる。が、走り去るケルートにはどこか現実感を欠いて聞こえた。

(……逃げなければ。捕まったらただじゃすまんぞ)

怖れおののき、取るものも取りあえず、しかしあるだけの金貨と宝石を懐に入れるのだけは忘れず、裏手の門扉をくぐり出た。

裏門からすぐのところに厩がある。

厩に入り、馬に鞍を置き、手綱をとったところで気配を感じた。

ふりむくと深緑の長い寛衣《ローブ》をまとった者が立っている。

「逃げなさるつもりかえ？」

ひくい、少ししわがれた声であった。

フードですっぽり顔は覆われているがその声に聞き覚えがあった。ダナエ侯ライオスと、幽閉される前のシルヴィアが黒曜宮の中庭で逢瀬をかさねていたと告げ、必要とあらば証人にもなると云った者だ。古くから城に仕える婆らしいが、今やティアの眷属よりも不吉に憎々しく思われた。

「奥さまに手をかけてしまった——捕まったらつるし首だと思って、慌てていなさるんだね」

なぜ知っているのだ？　暗い目で睨みつけたが、侍女に目撃されすでに城中の者に知れわたっていると思い直す。ケルートはひと言もなく、あぶみに足をかけ、鞍に乗り上がると陰惨な声音で云いはなった。

「邪魔をすると痛い目にあうぞ」

馬上から鞭をふるった。が、顔面を狙ったはずの鞭に手応えはなく、フードから変わらぬしわがれた笑いが漏れた。

「ふふふ、取り返しのつかないことをしてしまった、と怖くて怖くて仕方ないんだろう？」

ケルートはぞっとしたが、馬首をめぐらせてひと鞭くれた。

城の裏手からつづく一本道は、ちいさな森をつらぬいていた。すでにルアーは傾きだしている。闇にまぎれ森の木々の間を抜ければ逃げ切れる。逃げ切れるにちがいない、おのれに云いきかせ馬をあおる。

行く先をさえぎるように枝葉をしげらせた大木があって、まるで妖女が髪をふり乱しているように見えてぞっとした。

(牝狐め！　おまえの自業自得だ、祟るな)

ひたひたと胸を染める闇を振り払おうとすると、

「忘れ物がありはしないか?」

笑い声と共にその声はすぐそばから、ケルートの耳もと近くでした。

総毛立った。

腹のベルトのあたりに後ろからしわだらけの小さな手が回されていた。

ケルートは恐慌に陥りかけながら、片手に手綱と鞭を持ちかえ、もう片方の手でヤヌスの印を刻んだ護剣を引き抜いた。

「妖魅め!」

叫ぶなり手の甲を刺した——刺そうとしたのだ。

「お止め! 自分で自分を刺し殺すよ」

はっとして手を止めると、護剣の剣先が自分のベルトの留め具に刺さり止まっていた。

(こやつ魔女かなにかなのか……)

ほんとうに腹を刺し血を失ったように、全身から生気と力が抜けだしていた。

(どうすればいい、このままでは、俺は捕まってしまう……。捕まればルシンダ殺しで吊るし首になる。どうしたら罰から逃れられる?)

鞍の後ろに魔婆を乗せたまま、ケルートの馬は森の中をたらたらと経めぐるばかりだった。相手は何ごともなかったように話しかけてくる。

「逃げたいのかえ？　生き延びたいのか？」

ケルートは力なくうなづいた。

「ならばわしの話をよおく聞くのだ。お前さんがこれからゆくべき道、やるべきことを教えてやる」

厄介ごとの使わし女、ドールの使い魔のごとく、しわがれた声が耳朶《じだ》に吹き込まれる。

もう一度こくりと首肯く、ケルートのほうが操り使われる人形《くぐつ》のようだ。

「このような羽目に落ち込んだのも、すべてが豹頭王ゆえ。やつのこざかしい策略がお前を凋落《ちょうらく》の淵にさそったのだ。毒殺されたダナエ侯と呪われた王妃シルヴィアの不倫さえもないものとして、ケイロニアのすべてがおのれの権威になびくよう策を弄し、黒曜宮に仕える者を精神から染めている。

だが、シルヴィアの不義の子、ケイロンの闇の皇子の身だけは、狡知に長けた豹もまだ手に入れてはおらぬ。——そういう星なのだ。お前が生き延びるみちは、この大いなる運命のながれの性質に見いだせる」

「……運命のながれの性質？　なに云ってんだよ婆さん」

市井の言葉づかいになって吐き捨てた。ダナエ選帝侯の座を永久に葬った、と思っているケルートに運命だの星宿だのは御託にひとしかった。

「小人《しょうじん》め……」このつぶやきはよく聞き取れなかったが、「まあよい。大いなる運命に棹さすものが、とるに足らぬさざれ石というのもままあること。よいか、よく聞くがよい。お前はダナエ選帝侯になる芽をルシンダ夫人によって完全に摘み取られた——と絶望し、くびり殺そうとしたのだが、それは早計というもの。お前にもまだ芽はあるのだよ」

「どういうことだ……ルシンダは死んだ。俺が殺したんだ。もう俺に選帝侯を継ぐ資格はない……」

「いいや、そうとも云いきれぬぞ。お前は先の選帝侯の息子だ。ケイロニアのしきたりからいけばむしろ権利がある。死んだライオスの日記に記された、シリウスという不義の王子よりもよほど正統な資格が」

「今さらおためごかしを云うんじゃない」

「おためごかしなものか、シリウス王子には別に果たしてもらう役割がある。それはダナエ選帝侯の後継ぎとして、ではない。ケイロニアの皇位継承者として重要な役割があるのだ。お前を、ダナエ選帝侯にするのも、このシリウスの扱い方ひとつで決まるのじゃよ」

「シリウスを探しにいかせた傭兵たちは戻ってこなかった。ローデスの水害はそれはひどいものだと聞いた。子どもは巻き込まれて死んじまったにちがいない」

「いや、シリウスは生きている。お前はみずから傭兵を率いて、今度こそシリウスの身柄を手に入れるのだ。そしてシリウスを正統な皇位継承者として押し立て、その後ろ盾となることによって、ダナエ選帝侯の地位を確かなものとする」

「そ、そんなことが本当にできるものか……」

疑いながらも耳朶をねぶるような言葉に唆され、じょじょに心は染められていった。

「できる。シリウスは死んでなどいない。ケイロニア王よりも、この子どもを押さえることが十二選帝侯のどのひとりより、またケイロニア皇女を母親に持つ、優位にたてる唯一の法なのだ。それを証す重要な品もあるではないか。忘れずに持っておゆき」

緑の寛衣から伸びた手にライオスの日記が握られていた。

「ケルート伯爵、そなたにケイロニア王豹頭王グインを出しぬいて、シリウス王子という稀有の星を手に入れる道をおしえてしんぜよう」

日記を受け取るケルートの手は震え、血色の悪い顔は卑屈にゆがめられていた。――追いつめられドールの渡した橋をわたる者の表情だった。

緑衣の婆になかば誑《たぶら》かされ、ケルートは城下の傭兵だまりで二十名の傭兵を雇った。

それより少し前――
床に倒れ臥したままぴくりともしない貴婦人をとり囲み、侍女や小間使いがおろおろと傍観するばかりのところに、緑の寛衣をまとった者が姿をあらわした。

「おやおや、どうしたことだろう？　大事な奥さまがたいへんなことになっている」

緑衣はダナエでは助産婦を意味するが、いま必要なのはむろん救命の医師である。

「いま老先生を呼びにやっているところです」

女主人のそばに寄ろうとする婆を筆頭の侍女が押し止める。

「みだりに触れてはなりません！」

「このまま喉を詰めさせておくと、ほんとうにドールの国に行かせてしまう。今ならまだ呼びもどせるかもしれないのに――」

云うと、緑衣から手を伸ばし貴婦人の胸のあたりにかざす。触れたとも見えなかったが、その手が離れるや否や、蒼白なくちびるから無色透明の何かしらが漏れ出た。このあやしい兆しに侍女たちは気付かなかった。このとき侍医と助手があたふたと駆け込んで来たからだ。

老侍医は夫人の手首を取ると、

「……お脈がある。気付け薬を、早く！」

慌てて助手が気付け薬を布にしみこませる。それで侍医が鼻と口を覆うと、その場の全員がわかるくらいはっきりと、夫人は胸を上下させた。

「奥さまが息を吹き返された！」

侍女たちは驚嘆の声を上げて、医師に命じられるまま湯や担架を用意する。慌ただしい人の動きの中に緑衣の婆は消え失せていた。

4

〈風が丘〉の端にルアーがその身を隠しても、サイロンの高級衣裳店の中は真昼のように灯りに照らされ、お針子たちはそれぞれ注文品の仕上げにかかって戦場の騒ぎである。

「あたしの鋏を使って返さないのは誰？」

「どうしよう、裾かざりが足りなくなっちゃった」

「もうお腹ぺこぺこ、目も疲れたわ」

お針子たちの喧噪、絹とレースとししゅう糸、華やかな戦場にあって——

特に手間のかかる重要な仕事をまかされた四人は、叫びだしたくてもぐっとこらえ、とめることのできない時間の中でわきめもふらず縫い仕事を続けている。

「最高のお衣裳を仕上げましょう」

衣裳店の主人である、元パロのデザイナーの「先生」に云われたのだ。

最高の衣裳、最高に美しい、最高に輝かしい、ケイロニアで最もとうとい位に就かれる婦人がまとうドレスを仕立てるため、四人は抜擢されたのだった。

四人で分担しても、それは実際たいへんな作業だった。刺繡用のビーズよりはるかに細かくて輝かしいそれを扱うのは骨が折れ目の神経をつかう。しかも細くて透き通る糸に通さねばならない。でも誰も目がしょぼしょぼするなんて云わない。ひとりは胴着《ボディス》、もうひとりは左袖、もうひとりは右袖、一番針が早い娘はドレスの裳裾にかかっている。

きわめて繊細な模様を、幾百本の糸を使いわけ、真珠よりビーズより微細なきらめきを生成りの絹の地に留めつける作業。熟練のお針子が一日かけてやっとひとつの模様を完成させせられる。それだけの手間は、パロ最高のレース職人が一生に一度手がけるかどうかという、聖王家の花嫁がかぶるヴェールの製作にも匹敵するだろう。

名もないケイロニアのお針子が、針尖にちいさな輝く粒を通すときは息さえとめて、それこそ誠心こめひと目ひと目刺してゆく。

「オクタヴィア・ケイロニアスさまが、女帝になられて初めてお召しになるお衣裳です。美しく優雅に見えるだけでなく、歴史の中でいつまでもいつまでも光の褪せないお衣裳を縫うのです。これはたいそう名誉ある仕事なのですよ」

先生は、クムの最高の絹の反物を裁断して、オクタヴィアさまに最高に似合う――広い肩や、よく発達した背中、女として短所になりかねない部分さえ優美に見える――型取りを作りあげていた。

その衣裳をもういちどほどいて、〈女神宝石店〉に提供された輝かしいちいさな粒を、先生がひと月かけて起こした図案のとおりに縫い付けてゆく。

四人のお針子の手の中で、模様がかたちをなすにつれ、胴着が、左右の袖が、長い裳裾が光に満ちてゆく。イリスの女神が輝くように——否、仕事部屋をのぞいた者は目をほそめ、ルアーその人のまとう衣裳かと疑うにちがいない。

なにしろ、ちいさな——微妙にちがう大きさと形があるが——光輝くそれは、オクタヴィアが即位式でヤーン大神殿の神官に授けられる、織王冠の中央に輝く至宝《イリスの涙》とおなじ宝石なのだ。

女帝として臣下と民の前にあらわれるオクタヴィア——イリスがまとう衣裳には、何千何万もの金剛石《ダイアモンド》が縫い込められまばゆく輝いていた。

＊　＊　＊

黒曜宮の居室にあってオクタヴィアはサリアの女神像を拝していた。雪花石膏《アラバスター》に刻まれた女神像には亡くなった母のおもかげがある、と彼女は信じていた。優美ではかなげな……悲しい最期を遂げた母ユリア。まだ五歳だった彼女と母親の別れは無惨なものだったが、母の死に遭わなければ運命を切り抜けあるいは切りひらいて生きられなかったと思っている。復讐心をいだいていたときも、それを捨て去ったときも、マリニアを産んだときも——

（お母さまが護っていて下さったから、わたしはひとりでも、独りきりではなかった。この先も胸のうちに貴女を感じているかぎり、どんなに険しい道も進んでいけます）

祈りおえてから苦笑する。

（……何を怖れているのかしら？　ここは黒曜宮、大勢の臣下がいて、ハゾス宰相もフリルギア侯もいて、何よりグイン陛下がいらっしゃる！　ケイロニア王グインが十二神将を統率して下さる。怖れることなど何ひとつありはしないのに）

それでも……

（いつかの魔道師の言葉が胸のうちから消え去らない）

（ケイロニアに翳をなすという黒い蝶……）

（もしそれが娘を害するようなことがあったら……そう思うと心配でいてもたってもいられなくなる）

黒曜宮でのマリニアは手厚く護られている。護王将軍トールが統率する国王騎士団によって。なのにオクタヴィアの不安は消え去らない。

（こんなにすばらしいドレスを前にして……）

サリア像とは逆側に目をやって嘆息した。

そこには即位式に着用する衣裳がある。サイロン一のデザイナーが腕によりをかけて仕立てたというドレス。生地それ自体が放つまばゆい輝き。これほど豪華な仕上がりになるとは想像していなかったオクタヴィアは、お針子たちがひと目ひと目に込めた気の遠くなるような手間と労力を思い、かつて皇帝の霊陵を築くため投入されたのべ何万かの人夫の労苦を重ねて、「皇帝の影響力と責任」を痛感せずにはいられなかった。

（これに袖を通したら、黒鉄鉱の鎧より重く感じられるにちがいないわ。わかっている）

対照的にフリルギア夫人は仮縫いのときからうっとりして、「オクタヴィアさまにしか着こなせはしませんわ。特別なお衣裳、ほんとうになんて美しい、なんて……神々しいばかりですわ！」ため息をつきまくっていた。

明後日に迫った即位式に出席するため、十二選帝侯は続々と到着してきている。

その顔ぶれには、ササイドン会議に欠席してハゾスに気をもませたワルスタット侯ディモスの変わらぬ美貌もあった。

ロンザニア侯とツルミット侯も到着しており、問題とされたダナエ侯家からはルシンダ前侯夫人が出席すると「病み上がりの身ゆえ、あまり馬車を急がせることができませず、明日の夕刻ごろにサイロンに達する予定です」と先触れが伝えてきた。

十二選帝侯のうち未だに出欠が明らかでないのは、ベルデランド侯ユリアスと病を得て療養中のローデス侯ロベルトだけである。オクタヴィアとは家族のように親しくしていたロベルトである。気がかりでならないが、ハゾスから「ベルデランド侯からの使者を待ちましょう。便りが遅いのは悪い知らせではないと云います。ロベルト殿は快方に向かっていると信じることです」と力付けられていた。

（ああ、皆が気づかってくれているのに、即位式でわたしが顔を曇らせてはいけないのだわ。これからは顔色ひとつもケイロニアという国の印象にかかわってくる）

それくらい大国の頂上に座る者の影響力は大きいのだ。フリルギア夫人に云われるまでもなく、在りし日の父帝の姿を思い起こせば、オクタヴィアはわきまえている。

（でもやっぱり、自分で自分の心をしずめたり上向けたりは、まったく容易にいかない。

……温かいお茶を飲めばよいかしら？）

女官を呼んで茶を頼もうと卓上に手を伸ばしたとき、

「オクタヴィア殿下」

扉の向こうでした声におどろかされ、鈴《リン》を取り落としそうになる。

「グイン陛下――」

小姓の先触れもなく、グインが訪ねてくることはあまりない。オクタヴィアの胸は不規則に脈打った。

「夜半女人のもとに――無礼を承知でまいった」

たくましい体を王衣と、濃い紫色の重たげなマントにつつんでいる。その宵のグインからは沈んだ印象を受けなくもなかったが、重厚な姿を間近くするとやはりほっとする。

（ご用向きは何なのかしら？）

口に出して聞けばよいものの、なんとはなしに言葉にしづらく、オクタヴィアは黄色と黒の美しい豹紋が浮かぶ頭をじっと見つめていた。

「オクタヴィア殿下、明後日には陛下とお呼びすることになるが、お心持ちはいかがか？　いくぶんか落ち着かれたか」

まあ、とオクタヴィアは声を上げ、グインが今の自分の心持ちを思いやってくれていることにおどろきまた感動した。

「……ええ」とは云ってみたものの、豹頭人身の英雄の前で強がる必要などありはしなかったと気付いてオクタヴィアは苦笑した。

「正直云えばなかなか落ち着かなくて困っていたのです」

グインはしばらく無言だったが壁にかけられた衣裳に目をやり、

「美しい衣裳だ。殿下はフリルギア夫人に、ケイロニアとの結婚でまとう花嫁衣裳とおっしゃったそうだが？」

オクタヴィアはうなづき強く云った。

「ええ。ケイロニアの女帝は、なまなかな覚悟ではつとまらないと思いましたから。十二選帝侯が皇帝に剣の誓いを立てるように、わたしもまた聖なる誓いを立てようと思ったからです」

それに「ケイロニアとの結婚」宣言は、この先再婚をすすめられたとき、意に添わない結婚をはねつける大義名分ともなろう。マリウスを胸のうちから消し去れぬタヴィアをグインは思いやるように、

「あなたはオクタヴィア、ケイロニア女性の淑徳を備えておられる」

「グイン陛下、貴男に認めていただけたら安心できます」

オクタヴィアは微笑んで云うと、立ち上がって衣裳のもとに歩み寄り、光輝く絹の地を肩から胸にかけてみせる。

「グイン陛下、この衣裳はわたしに似合うでしょうか？」

「似合う。まさしく天空のイリスが、ケイロニアの玉座に降りてきたかのようだ」

グインもゆったりと微笑していた。

「グイン陛下のおかげです。ずいぶん心がおだやかになりました。このところ悩むことも多かったから」

「殿下を悩ませる諸般の問題の解決に全力を尽くさせている。ケイロニア全土からの吉報を待っているところだが、それも長くはかからぬだろう。しばしお待ちあれ」

「どういうことです？」

グインがケイロニア全土に展開する諜報活動をオクタヴィアは掌握しきれてはいない。ロンザニアの件も、ツルミットの税不払いも、適切な対策が講じられ、大ケイロニアら

しい帰結をみるものと信じるのみであった。

「オクタヴィア殿下――《大喪の儀》において、あなたの言葉と内なる炎が、人々にケイロニアを愛する心を燃え立たせた。あなただからこそ出来たのだ。アキレウス大帝陛下の言霊と、血の絆を受けつがれたあなただからこそ。あの折りも云ったが、自信をもたれるがよい。ケイロニアにあなたに替わる者はいない。あなたは唯一無二の存在だ。おのれの信じる道をひとりで進まれるがよい。ケイロニア女帝の誕生は民の希望となり国の力となるだろう。俺も安心できる」

（安心できる……？）

グインの言葉から今まで聞き取ったことのない響きをオクタヴィアは受けとって身震いした。今まで夢にも思わなかった新しい不安に、背中から突き放されたかのように……。

（グイン陛下――何をおっしゃりたいの？　それではまるで……）

あってはならない不吉な未来を思い描き、彼女は必死で打ち消し、グインのまなざしをすがりつくように見据えた。豹頭の秘めたる思いを探り出そうとするように。

豹の瞳は昏い神秘をひそめた黄玉のようにそこにあった。

ドルニウスの不吉な占いより、突拍子もない、ケイロニア全土を翳らせるくらい不安な思いが体を芯からふるわせる。それはまたオクタヴィアの女ゆえの勘であったかもしれない。

（まるでひとりでどこかへ……行かれてしまうように聞こえた）

＊　＊　＊

タリッドの〈三拍子亭〉――。

乾杯用の火酒の杯を前に、ケイロンの地に赴いているリュースからの朗報をいまや遅しと待ちかねる商工ギルドの商人たち。

来る新皇帝即位、そこで豹頭王から中心となる事業計画が示唆され、サイロンの復興と景気回復はいよいよ具体的なものとなった。ギルドの長たちは商売の好機到来を信じ疑わず、すでに前祝いの杯を空けている者もいたが、その中にオクタヴィアと同じ不安をいだく者がいた。

商工ギルド会頭、絹織物の豪商エリンゼンである。

「エリンゼンさん、浮かない顔でどうしたんです？」

と大工の棟梁に訊かれ、口重くこたえる。

「まさか豹頭王陛下と云えども、これほど早くサイロン再興に見通しをつけられるとは思わなかった」

「そりゃあ、現人神と云われるお人ですからね。俺たちの思いもつかない知恵と力がおありなさるんですよ」

「神のよう……まったくその通りだ。陛下には人知を超えた力がそなわっている。地上のどんな人間とも似ていない。だからこその不安かもしれない。——次期皇帝にグイン陛下ではなく、オクタヴィア殿下が決まったそのときから、わしは不安でならぬのだ。長らくケイロニア皇帝家の悩みの種だった、後継者問題が決着し、黒曜宮とサイロンに平穏がおとずれたなら……一代かぎりのケイロニア王としての役目を終えられて、一介の傭兵としてサイロンに現われたそのときのように、またふらりと出ていっておしまいになられはしないかと……」

「何寝言を云ってるんですか、黒曜宮には王様を慕う大臣も将軍もいる。だいいちそれに、かわいい双児の王子王女がいるじゃありませんか？　たくさんの絆を断ってまで豹頭王がどこにゆかれると云うんです？」

　太った粉物商が笑い飛ばす。

「マルソーのいうとおりですよ。会頭ともあろう人がバスの心配にとっつかれたとでもいうんですかい？　景気の悪い顔してないで、さあ一杯ぐっとやって下さいよ」

　食肉ギルドのボンスがさしつける火酒の杯を、エリンゼンは受け取らずただ見つめていた。

（バスの心配だったなら、どんなによいか……）

第四話　ケイロンの絆（二）

1

中空《なかぞら》はぬばたまの闇からじょじょに紫色を帯びてきているが、あたりはまだ暗く、〈風が丘〉から見下ろすサイロンは深い眠りの中にある。

広壮な屋根にぼんやりと奇怪な影がうかんでいる。からすの翼《ガーガー》と太いくちばしを備えた魔物、亀の甲羅《ドルウ》から蛇の尾が伸びた怪物、美しい女の顔と長い髪と魚の体をもつ水妖精《ナイアド》。石づくりのそれらは黒曜宮が建造されたとき魔除けとして作り付けられた。

（長い一日になりそうだ）

つぶやいたのは石像ではない。並んで屋根に留まっている魔道師だった。黒衣を体に巻き付けている。

（はてさてこの一日をはたして上手く乗り切れるか？　いや、乗り切るため全力を尽くさにゃならん）フードの奥でぼやきを漏らす。

ぼやく端からルアーの光が差しそめて、ドルニウスに目を細めさせた。

（それにしても、豹頭王陛下は、とっぴょうしもない大胆な策を考えつかれるものだ。さすがと云うか、賭博師と呆れるべきか……いやはや）

　フードを左右に振る。と、あわてて屋根から数タールか浮かび上がる。明るんだ空の一角に、夜の残滓のようなもやが滲んできている。

（出たな）

　魔道師を身構えさせたのは、北東の方角に涌き出した黒いもや――おびただしい黒い翅の群――であった。黒曜宮めがけ飛来する「魔の尖兵」を見据える、ドルニウスのうちには本来の《気》がよみがえっていた。もはや落魄の影はない。

　白魔道師には二通りある。ひとつは探究心の赴くまま「世界の黄金律」を求める――極端な例が現世の肉体を葬ってまでノスフェラスに留まりその変遷を見守る〈北の賢者〉ロカンドラス、あるいは観想に専念するあまり俗世のしがらみを断ち切った世捨て人ルカがいる。

　その一方で魔道師ギルドに属する多くの魔道師は、一部の例外――魔道師にして宰相となった上級魔道師ヴァレリウス――を除けば、個々人に望みと云える望みはなく、仕える者や出向した先の命令に一身を捧げることを本懐とする。

　だからこそ切り捨てられた身の嘆きは深かった。死に惹かれるほどに。豹頭王はそのドルニウスを即位式の警護役に抜擢した。オクタヴィアとマリニアのために働く。長年の修行によって磨いてきた魔道の力を尽くして。一兵卒の身に過ぎる名誉を賜ったことで、充実した《気》が、常人の喜びを喜びと感じぬ魔道師に笑みに似た表情を浮かべさせていた。

（さて、始めようか）

ドルニウスは魔像の頭《こうべ》をかるくひとつ叩くと、胸の前に腕を交差し組み合わせた。ヤヌスの印をむすび精神を統一する呪文を唱える。

黒衣がにわかに風をはらんだように膨らみ、その《気》にフードが煽られて額にはめた魔道師の輪がのぞいた。

＊　＊　＊

同日同じルアーの刻、ケイロニア王グインは二十騎の兵と共に赤い街道にあった。

グインは旅の革マントの下にごく軽量の鎧を着け、それだけは隠しようのない豹頭を冷たい風にさらしていたが、幸いと云うか珍しいことに、サイロンに物資をもたらす主要な街道で隊商とゆきあうことはなかった。もし即位式の当日にケイロニア王の豹頭を見かけたとなれば大騒ぎは避けられなかったろう。

イリスが天頂に達する前〈風が丘〉を出立した隊は、裏街道を抜けてベルデ街道に入っていた。サイロンとベルデランドを最短距離でつなぐ経路は、ケイロニアの北の辺境へと向かう。サイロン近くで目にするガティ畑と農家は少しずつ姿を消し、何十タールもの巨木――太古の昔から伐採されたことがない――を目にするようになる。ベルデランド領はその多くを森林に占められている。

グインはルアーの位置を測るように見つめた。

（馬を替えるのはララムあたりか）

ララムはベルデランド南端の宿場町である。

グインの愛馬フェリア号は並の馬の倍ちかい体力がある。それでもグインを乗せて長時間走りつづければ潰してしまう。替え馬は強行軍を行なう際の悩みどころだが、今回は兄弟のエルス号と、ケイロニアで草原の馬を品種改良したモス号を連れてきている。

（魔道師の《閉じた空間》を使えば一足飛びに目的地に達するのだが）

グインとて思いはするが、とっさに否定する。

（いやしかし、常人がおのれの利益のため魔道を利用すれば現世の法規を歪めることになる。悪影響が出るだろう。暗殺や戦に使われだしたら、中原は大きな混乱におちいる。魔道とは魔道師どもがギルドの掟に従って使うべきものだ）

それこそが白魔道の本質だとグインは理解している。

その魔道の制約と禁忌を破る魔道は存在する。グインを即位式の黒曜宮から、ベルデランドくんだりまで走らせたのも黒い魔の蠢動《しゅんどう》を感じたからだ。

世捨て人ルカがレンティアのアウロラに与えた予言、まずそれに深い懸念を覚えた。

『闇のまにまに漂う者は、オルセーニの黄泉の川のうたかたのごとし。もしこれを此岸へひき上げなば、嫉妬と絶望の双児を産み《闇の聖母》となさしめるでしょう』

アウロラもまた予言の意味するところを悩んでいた。アウロラはグインに云った。

「わたしは、ルヴィナさん——と呼んでいたシルヴィア妃を《闇の聖母》などにさせたくはないのです」

アウロラは、シルヴィアが酒場で荒んだ行動をとったことをグインに打ち明けた。

「……ですが、その直前までルヴィナさんは笑っていたのです。少女のようなそれはあどけない笑顔でした。あの人は《売国妃》の汚名を着せられただけ、どこにも悪いところも醜さもないのに、すべてグラチウスという魔道師にしむけられた……。ルカが予言にこめた警告に気付かず、まんまと勾引かされ……深く責任を感じています」

グインは、シルヴィアのことをアウロラが案じ、心を寄せているのを感じとった。

「シルヴィアをいたわってくれたのだな。済まぬ。——あの人には生来光と笑みが似合う。ルカの予言とて絶対のものではない。つよい意志と心さえあれば変えられると俺は考えている」

グインの言葉にアウロラは深く安堵したようすで探索行に赴いていった。

（ルカの予言『嫉妬と絶望の双児』を、ドルニウスは、シルヴィアが俺とヴァルーサの子を妬んで産みだす闇の心だと解釈した）

母親にとって腹を痛めた我が子がどれほど大事か？　グインは知っていた。眠れる王子アルリウス、碧玉の瞳をもつリアーヌ、双児に乳をやり抱きしめる愛妾の姿から学んだのだ。むろん子をいつくしむ心でグインもひけはとらぬ。だがグインが常の父親とちがっていたのは豹頭であることの他に、我が子を腕にしながら、もうひとりの子どものことをかたときも忘れなかったことだ。

（我が子を奪われたことがシルヴィアの病を深めたのならば、死んだとされていた子が生きているとわかれば——いずこに居ようとも彼女に届き、その心の傷を癒すことになる。『絶望』を産むことはない）

また王子の生存が明らかになれば、クララのゾンビーがサイロンの巷に蔓延《はびこ》らせた黒い言霊とも矛盾が生じる。シルヴィアがドールに生け贄を捧げ黒死病を撒いたなどという風説が冤罪に他ならない証明にもなる。

（シリウスこそシルヴィアを光の岸にひきもどす唯一最大の引き綱となるだろう）

そのシリウスが縁付けられたローデス・ブレーンの村に派遣した国王騎士団からシリウス発見の報はもたらされなかった。が、奇妙な事実が浮上した。今回の水害をベルデランドは事前に察知していたらしいことだ。またベルデランドの騎士はローデス側にも

「ナタール氾濫」を警告していた。にもかかわらずブレーンの村落は避難していなかった。グインの放った細作《さいさく》はその点をあやしみ、さらに調査して、ブレーンに一番近い詰所の騎士たちが何者かに皆殺しにされていたことを突き止めた。

この事件を調査する過程で判明した——水害に遭ったブレーンの村落にひとりだけ奇跡的に助かった子どもがいたことが。その幼い男児はベルデランド侯ユリアスに保護された。この情報がグインにもたらされたのが昨日夕刻。黒曜宮では即位式の準備が手抜かり無く整えられ、〈黒曜の間〉が三千人からの参列者を待ってしずまる刻であった。

下ナタールを渡り切ったグインと騎士の部隊は、ブナの原生林を切り開いて敷かれたレンガ道に馬蹄の音をとどろかせた。

ララムの宿《しゅく》にはルアーの二点鐘が鳴る前に至った。大きな宿屋の亭主は「何さまか知らないが、こんな時間に来るとは」不機嫌な顔で出てきたが、騎士たちの装具が立派なのにおどろいて、あわてて軽食の用意にとりかかった。

グインはフードで豹頭を隠して表に立たず、馬留めで愛馬たちといっしょに居た。ここまで走り通しに走らせてきたフェリア号をねぎらって、手ずから汗を拭いてやる。

トパーズ色の目にかすかな迷いにも似た光が揺れていた。

（ベルデランド侯が保護したという男児こそシリウス——これは俺の直感だ。この直感

が正しいのなら黒曜宮で待ってなどおれぬ）

ベルデランド侯ユリアスはローデス侯ロベルトと交情が深い。ロベルトの口からすでにシリウスの素性を知らされているとはじゅうぶん考えられる。

（ベルデランド侯ユリアスとはまみえたことがないが、亡きアキレウス帝に深い忠節を捧げていたと聞く。たくらみとは無縁と思いたいところだが）

男子優先というケイロニアの慣例を楯に、年端もゆかぬシリウスを担ぎ上げようとする一派の存在を完全に否定はできない。《大喪の儀》においてダナエの伯爵ケルートが野心を剝き出したことも記憶に新しい。

そしてまたドルニウスは「ケイロンの光と闇の王子」についてこうも云った。

「シリウス王子の星宿は光にして闇、それが何を意味するかを愚考しますに——光は闇を消しまする、そのとき必ず抗争が巻き起こる。闇に加担するやからなら、ベルデランド侯を襲うことも厭いますまい。オクタヴィア女帝陛下誕生の陰で策謀が進められているのではないかと……」

大帝崩御の悲劇の陰で、シルヴィアが再び拉致されたことを考えれば、決行の日を即位式当日にすることも疑える。もはや一刻の猶予もない、とグインに決断させた。

（だがその男児がシリウスでなかった場合、俺は神聖なるケイロニア皇帝の式典を欠席——どころか放擲《ほうてき》したことになる）

ケイロニア王にとってさえ賭けであった。運命の骰子《コロ》が、ヤヌスの当たりか、ドールの凶と出るか――。

グインがフェリア号からエルス号に鞍を置き替えているところに、騎士のひとりがやってきた。膝をついて報告する騎士の顔色は冴えなかった。

「……陛下、宿に泊っている商人から聞きましたところ――この先一モータッドのところでベルデ街道は、水害で流されたたくさんの木にふさがれ通行不能だそうです」

不運の報を聞いて豹の目につよい光がともった。

「別の道があるはずだ。地図を確認し、宿の地理にくわしい者に訊ねるのだ」

逆境はいつも倍の力を呼び込む。つよい精神こそが迷いの根を断つのだ。

＊　＊　＊

ハゾスが迎賓の間に訪ねたとき、相手は絹張りの長椅子にもたれ、カラム水の杯を手に、いささか行儀悪く足置き台に足を投げ出していた。

「ワルスタット侯、久しぶりだな」

「おお、大ケイロニアの宰相が先触れをよこさず、みずから足を運ぶとはどうした風の吹きまわしか？」

金髪、青い目のルアーのような壮年の美男は杯を小卓に置くと、大仰に驚いてみせた。

「いきなりやってきた無作法を皮肉っておるのか？」

「皮肉など云うものか」美しい顔をほころばせる。「おぬしの気働きにはいつも感心し感謝しておる。この部屋はたいそう居心地がよい。召使いは気が利くし、料理も悪くない。ただカラム水だけが残念だ。酸っぱくて飲めたものではない。パロに滞在してほんものをさんざん味わい、すっかり舌が肥えてしまったからな」

（カラム水のよしあしなど論じている場合か）

ハゾスの心は煮えていた。パロに赴いたきり黒曜宮にもどらず、これまで数々の重要な会議をすっぽかしてきた、親友の真意をここで質《ただ》さねば気持ちがおさまらない。

「即位式が始まる前にどうしても訊いておきたいことがある」

ディモスはかるく眉を上げただけだ。

「ディモス、おぬしは私にササイドン会議欠席の由を伝えた上で、グイン陛下の信任票を託すと云っておきながら、実際は不信任票を送ってよこした、いかなる考えからだ？」

「会議は中断したまま終了したのでは？　それに会議でオクタヴィア殿下の皇位継承権が認められた、その意義はあったとフリルギア侯から聞いておる。今さら蒸し返すまでもあるまい」

落着き払ったディモスに罪の意識は見つけようもなかった。

ハゾスは苛立たしく云った。

「二枚舌を使ったことを、うやむやにするつもりか」

「うやむやとは聞き捨てならぬ。おぬしこそ、会議前に信任を取り集める工作は明らかに横紙破り――背任行為に問われてよいところだ。神聖にして伝統ある選帝侯会議に私情をもちこんだ上で云いがかりに及ぶとは、嘆かわしいにもほどがある」

逆手をとって切り崩しにかかるディモスの語調は憎いほど冴え冴えとしている。

これまで知謀に長けた人物とはとても思えなかった親友の激変ぶりにハゾスは慄然として、（ディモスの顔と声を持った、まったくの別人のようだ）

「ランゴバルド侯ハゾス・アンタイオスともあろう者がそのような目つき――賭け事で張った目がことごとくドールの裏目に出たかのようだぞ」

可笑しそうに云うディモスをハゾスはきっと見据えた。

「ワルスタット侯」ハゾスは口中に苦さを味わいつつ、「背信と云うのなら、ササイドン会議だけではない。おぬしがロンザニア鉱山に手をまわし値上げをそそのかしたという話も聞き及んでいる」

「なんだと――」

一瞬ディモスは美貌に青筋を立てた。が、すぐに平常心をとりもどし選帝侯の威儀をとりつくろう。

「大ケイロニアの宰相たる侯が、そのような――風説と云うのもばかばかしい誹謗を信じるとは嘆かわしい。もし仮にそれが誹謗中傷でないと云いはるなら、証拠なり証人なりの用意はあるのだろうな？」

「証人となってくれる方はいる」

「その証人とやらいう者にぜひ会いたい。会わせてくれ」

「会ってどうするつもりだ？」

「むろん。選帝侯の名誉をけがす輩に慈悲をかけるいわれはない。手討ちにしてやるさ」

ディモスは儀礼用の偽剣の柄に手をかけ、ルアーのように傲然と云いはなった。

ハゾスはこのとき、ルアーの面を盗んだ男が、顔にはり付いた面を肉ごとむしり取った伝説を思い出していた。

「どうしたハゾス、云えぬのか？」

ハゾスはしばしためらっていた。ロンザニアにワルスタットの使者が送り込まれた、その事実はグインから聞いている。アトキア侯マローンがロンザニア侯の娘エミリアから聞いたのだと。そのおりグインから云い含められていた。「ディモスはパロ赴任から人が変わっている。そのディモスに正攻法でぶつかっても徒労になるだろう。策謀と虚言をもっぱらとする者に、誠意ある回答は無益であるとアレクサンドロスも云っている」と。

　ハゾスの顔はくもっていた、云いづらいことを言葉にする常で。

「ロンザニア侯の——鉱山監督官ロウエンなる人物だ」

「ロ…ウ…エン」

　端正な顔が困惑と疑念に歪むのをハゾスはたしかに見てとった。

（まさか、信じられぬ。あの男が……）ディモスの心が漏れ聞こえたと思った。

「——そうだ。ロンザニア侯カルトゥス殿の鉱山業における片腕と目されるこのロウエン、カルトゥス殿の覚えめでたきことに思い上がって、あろうことか一の姫エミリア姫に懸想していた。そこへ鉱山視察の任を負ってアトキア侯マローンが派遣され、エミリア姫との縁談が進んでいることを知り、よこしまな嫉妬から、事故にみせかけ亡き者にしようとくわだてた。マローンに大事はなかったが、櫓の梯子が折れ別の者が災難に遭っている。このときの事故をマローンは不自然に思い、ロウエンを騎士に尾行させたところ、〈煤よけの森〉で貴族らしい風体の者と落ち合い密談しているところを目撃した」

　はじめこそ云いづらかったが、閾を越えるとすらすらと口をついて出た。偽の叙述の効果はてきめんだった。ディモスの顔は赤くなりまた青くなった。疑心暗鬼に心をかき乱されているのだ、とハゾスは確信しさらに踏み込むように云った。

「アトキアの騎士にマローン殺害未遂のとがで訊問されたロウエンは——主犯は自分ではない。その『ワルスタットからの使者』にそそのかされたことだと、黒鉄鉱の値上げもまたその使者の教唆《きょうさ》があってしたことだと、白状したのだ」

「……嘘だ」

呻くような言葉がハゾスを一瞬ひやりとさせたが、意識なく云ったようだ。さらにディモスは、「ラカントは密談などせぬ……」云ってからハッとしたように口をつぐむ。

「——ラカント、その名には聞き覚えがあるぞ」

ハゾスには忘れようのない名だった。ササイドン会議を中断させたゴーラ兵の幻出《げんしゅつ》。魔道にもたらされたとワルド砦の兵は怖れおののいていたが、その五千からの鎧姿が消え去った砦に近い森は、ワルスタットの出城と街道でつながっており、城主はラカント伯ということまでグインから聞いていた。

「それでは……やはり、おぬしか？　おぬしがラカントを使って、グイン陛下を皇帝にたてまつる大事な会議を潰したのか……ディモスおぬしのたくらみが……」

ハゾスの灰色の目は怒りのほむらによって色を変えていた。

それほどの瞋恚《しんに》を向ける相手が、長年の親友であったというドールの皮肉！

アキレウス帝崩御の前夜から、否！　シルヴィアに《売国妃》といういばらの冠がかぶせられたときから、ハゾスを傷めつけてきたいばらの鞭の一端を握る者がディモスだったとは。

これが即位式当日でなく、このとき帯剣を許されていたら剣をひき抜きディモスに迫っていたかもしれぬ――それほどグインをケイロニア皇帝に就ける夢を潰した者への怒りは激しく、ハゾスは怒りの発作を抑えこもうと歯を食いしばった。

ディモスに威厳をつくろう余裕はないようだ。惑乱の沼にはまって進退きわまった者のように立ちすくんでいる。

ハゾスは追い打ちをかける。

「なぜだ、ディモスなぜ――そのような企てを？」

「ハゾス……」

ディモスの顔に、一瞬だが、悔悟の念がよぎった。ハゾスはそこにもとからの朴訥《ぼくとつ》な親友の顔を見てとった、と思った。

「ディモスおぬし、誰かにそそのかされたのか？」

ディモスの秀でた額から汗が大理石の床にしたたり落ちた。そのとき――

「ランゴバルド侯！」

さらに一歩踏み込もうと身構えたハゾスは、控えの間に駆け込んで来た者を振り向く。

フリルギア侯だった。いつもいかめしくどっしり構えている侯が、あわてふためき早口になって、

「ハゾス、たいへんなことが起きた。戴冠の儀をおこなうヤーンの大神官が気分が悪いと云いだし、少量だが吐きもどした」

ハゾスも顔色を変える。

（まさか、毒を盛られたのか？）

2

「ヤーンよ！　情けある御手をもって尊師の身命の炎をつなぎ給え」

ヤーン神殿の大神官エウス・シベリウスが横たえられた寝椅子《ディヴァン》を神官たちが囲み、身をもみしぼるように祈っているところにハゾスは到着した。

「尊師にお変わりはありませんでした。即位式のため節制にはげまれ、今朝がたはガティ粥をおかわりされたくらいお元気でしたのに……」

神官のひとりが医師の問診にこたえている。

大神官の脈をとっているのは、宮廷医師長にして名医メルクリウスである。

「その粥がいけなかったようですな。小食に慣れた胃をおどろかせたのでしょう」

メルクリウスは慣れた手つきで、老神官に吐き気止めを処方している。

「……毒ではなかったか」

ハゾスは安堵の息をつくと、改めて大神官のようすをうかがう。吐いたのは少量でそれも清められていたがかなりぐったりしている。白銀の豪華な錦繍《きんしゅう》がほどこされた長着から伸びた腕は痩せてしなび枯れ枝のようだ。

（シベリウス神官はおいくつになられる？）

ハゾスは小声でフリルギア侯に訊く。

（先に暴動で命を落としたドール神殿の司祭より三歳若いというのがご自慢であったから……九十二か三かそのようなところだ）

（それほどご高齢であられたか）

高齢者が重い国事を担うことに嘆息を禁じ得なかった。

（粥二杯で体調をくずすのでは、長丁場の儀式には耐えられぬのでは？）

（そうは云うがハゾス、大神官以外の誰が織王冠を授けられると云うのだ？）

（それもそうだが、もし儀式の最中に倒れられでもしたら……）

目もあてられない。新しき歴史の幕開けにふさわしくない、どころか縁起でもない。

その懸念はフリルギア侯にもあるらしく、ふたりは困惑した顔をしばし見合わせる。

「……ルキウス」

弱々しい声は心配される大神官のものだった。

「ここにおります」

若い声が答え、神官の群から歩み出て枕頭にひざまずいた。フードをとったので長い銀色の髪が背に垂れ落ちる。

「……ああ、わしの天命もここまで。大事を前にして、黒曜宮のかたがたに面目ないが……」

弱々しく伸ばされたしわ深い手を、若くみずみずしい手が励ますように握りしめる。

「気弱なことをおっしゃいますな！　たかが粥の食べ過ぎではありませぬか」

「おのれのことはわきまえておる」そのわりに強硬なもの云いだ。「嘆くまいぞ。ここで我が身の炎が尽きようと、すべてがヤーンの思し召し。だが神職にたずさわる身には、皇帝家のため、ケイロンの民のため果たすべき使命がある。――ヤーンの大神官の聖なる炎は、今このときをもって次代に継がれる。ルキウス、そなたに大神官の位と、エウス・シベリウスの名を授ける。そなたの手で新皇帝となられるオクタヴィア・ケイロニアス陛下に冠を授けるのだ」

老神官は云いきると、気力を使い果たしたようにがくっと仰のいて目を閉ざした。

「大神官!?」ルキウスは叫ぶと、「尊師はどうなされて……？」

すがりつかれた医師長は、慌ても騒ぎもしなかった。

「薬が効いて眠ってしまったのです。脈も呼吸も落ち着いていますから、ご安心くださ い」

ルキウスはほっと胸をなで下ろした。

「ルキウスさま！　ああ、ルキウスさまが大神官になられる!?」

神官たちは身をしぼり声をあわせる。興奮を隠せぬようすだ。老神官の唐突な代替わり宣言にさして戸惑っているようでもない。どこか予想していた観さえうかがえる。

ハゾスも急な展開に驚かされながらも、神官たちの声に信頼の響きを聞き分け、フリルギア侯に耳打ちする。

（そのルキウスという神官は？）

（シベリウス大神官の養子で、後継者として育てられていた。たぐいまれな資質の持ち主だと老師のおぼえはめでたかったが、いかんせん若すぎる。二十歳そこそこだ）

フリルギア侯は苦虫を嚙み潰したような顔で答えた。

ハゾスには、就任したての大神官に確認せねばならぬことがある。

「貴殿は、即位式で大神官が執り行なう一切のことに不明はないのか？」

「はい、まったく。大神官のつとめは尊師について一通り学んでおりましたゆえ」

ルキウスの受け答えは落ち着いている。ケイロニア人種にしては細身、見たところは繊弱な若者だが、静謐な居ずまい、物腰には威厳がそなわっている。ハゾスは目を眇《すが》め見直した。混じりけのない純銀の髪、淡すぎて薄紫とも銀ともつかぬ神秘的な虹彩――。

（若く美しく神々しい大神官は、女帝即位を人心に焼きつけるのに一役買ってくれそうな――と、いささか不謹慎な考えかもしれぬが）

「ルキウス――いや、シベリウス猊下、ケイロニウス皇帝家第六十五代皇帝オクタヴィア・ケイロニアス陛下の戴冠の儀を執り行ってもらえるか？」

　ケイロニア宰相の正式な申し入れを、大神官を継承したばかりの若者は承諾した。

「つつしんでお受けし、非才ながら力を尽くしまする」

　このとき——

　銅鑼の重々しい音が響きわたった。

　即位式のはじまりの刻《とき》をつげる銅鑼であり、このとき〈黒曜の間〉の第一の扉がひらかれた。

　即位式の舞台となる広間は、黒曜宮でもっとも広く高さは三層にもわたっている。通常なら二千人が収容できるものを、さらに臨時の席を増やし、多くの者が列席できるようにした。黒曜宮の主だった貴族や廷臣、十二神将を筆頭とする武人たち以外にも、遠隔地の貴族やギルドの商人、一般市民でも身元がしっかりした者は許された。もっとも身分のない者は舞台から遠いバルコニーと定まっている。三千人もの参列者が混乱をきたさぬよう、第一、第二、第三の扉から粛然と入場するよう手配したのは他ならぬハゾスである。

　ハゾスも急がねばならぬ。大神官の交代劇という椿事のせいで、ディモスとの対決が未消化になったことは心残りであったが。

（さいぜんの虚言《うそ》がディモスに疑心を植えつけたのはたしか。ロウエンを疑えばおのずとワルスタットとロンザニアとの連繋に不協和が生じるであろう。私が投じた一石による波紋が……）

ディモスの目を覚まさせることを祈ってハゾスは即位式に急いだ。


天井には名匠の手によってケイロニアの創世記が描かれている。その下の〈黒曜の間〉は全体に細長く、それは三つの大広間の仕切りをとりはらってひとつにしたからだが、奥まったところから壁ぎわにかけて一段高く緞帳《どんちょう》が下りており、即位式の行なわれる《舞台》であろうことは誰にも予想できた。

女帝の即位式であるからには女性の姿が目立っていた。この日のために新調したドレスに袖を通し、念入りにおしろいをはたき込んで紅をさし、特別な華やいだ気分に浸りつつも、ケイロニア史に残る式典をその目に焼きつけようと身を乗りだして舞台を見つめている。

三階のバルコニーにいる少女も、緞帳に囲われいまだ暗い演壇に、女神《イリス》の登場を待って胸焦がすひとりだった。

鼠色のすとんとした慈善院のお仕着せを着て、胸に大きな彫金のブローチを付けている。タリス通りで宝石商からもらったのだ。リュースとゆき会った花売りである。

「すばらしいトパーズをしてらっしゃること」

ため息まじりに云われ、少女は隣の娘を見直す。二十歳ぐらいだろうか、色が白くきれいに髪を結い上げ、ばら色の絹のドレスがよく似合っている。慈善院のお仕着せに引け目をおぼえながらも、少女は顔を上げてこたえた。

「いただきものなんです。ケイロニアの豹頭王さまの瞳の色と同じだそうです」

「豹頭王さまの瞳、ほんとうにおっしゃる通りだわ。美しくて神秘的」

年上の娘は衣裳からしてそうだが、物腰や口調から、実家はお金持ちの娘にちがいなかった。

「そのブローチはご両親からの贈り物かしら？」

「いいえ、あたしには父さんも母さんもいません」

「まあ……ごめんなさい」

（そんなすまながらなくてもいいのに）と少女は思う。

「父さんは疫病で亡くしましたけど、母さんはずっと前に亡くなってますし——そんなにめげてません。うまくはいえませんけど、あたしはかわいそうな子じゃないです。——夢もあるし」

この強気といえる発言に、年上の娘は胸をつかれたようにはっとする。

「夢がある……？」

「花屋をやりたいんです。たいへんだとわかってますけど、このブローチをくれた人も、困難でもめげずにやっていれば夢はかなうって、はげましてくれたし」

「あなたってえらいわ。まだこんなに若いのに……ほんとうにえらいわ」

金持ち娘から熱っぽい……賞賛のまなざしをむけられ少女は戸惑いをおぼえる。

(お姫さまのようなのに、きっと両親だってそろっているだろうに、みなしごのあたしを……うらやましがってるみたい？)

「めげずにいれば夢はかなうって……よい言葉ね。わたしも夢は見るけれど、実現はむずかしいって……諦めかけていたけれど、年の若いあなたがそうして自分の考えをもっているのを教えられ目がさめた気がするわ」

「夢があるならやってみたらいいじゃないですか？　だめだと思った相手でも声をかけたら、いっぱいお花を買ってもらったことがあります」

「まあ、そうなの⁉　だめだと思っても……云いづらいことでも、たとえ親でも意見はするべきなのね」

(このひとってただの金持ち娘じゃないみたい)

少女は直感的にそう思った。相手のほうは心うちをさらしてしまった気恥ずかしさをごまかすように微笑むと、

「今日あなたと会えてよかったわ。お名前をうかがってもよろしくて？」

「え、ええ……」

この少女にはめずらしく相手をうかがうように見た。

「こちらが先に名乗るのが礼儀だったわね。あたくしはエミリア、ロンザニアのエミリアというのです」

「エミリアさま。あたし、あたしの名はアエリスといいます」

少女は頬を染めていた。本名を名乗るたびちょっぴりおこがましくも感じる。

「まあ！　アエリスって木と植物を司る女神のことよね。あなたにぴったりだと思うわ」

エミリアの声音は温かかった。ふたりは目を見交わし笑いあう。心を通わせて。

サイロンの孤児と〈煤かぶり〉の姫君、隣あって座る機会はもはやないかもしれないふたり。でもおのおの未来に夢があり、悩みも、心を寄せる異性がいるのも同じ娘同士であった。

そのとき〈黒曜の間〉全体が揺れた。大きなどよめきが上がったのだ。

緞帳が少しずつ動きだし広がってゆき、壁面の燭台の灯りが、舞台の奥のかなり高い位置にもうけられた玉座をうつし出した。そこに座したふたりといない偉丈夫の姿を――。

エミリアが声をはずませる。

「見て！　豹頭王グイン陛下よ。あなたのトパーズと同じ色の瞳をした――ケイロニア王がいらっしゃるわ！」

　少女は身を乗り出し、神話のシレノスのような姿に目をこらした。

　ケイロニア王グインの登場に〈黒曜の間〉の興奮は一気に高まった。

　席から立ち上がり「マルーク・グイン」を連呼する者も少なくなかった。

　そのようすを舞台の袖の緞帳の陰で、皮肉げにながめる者がいた。

（うまくいったようだが人をあざむくのはどうにも気がとがめる）

　ニーリウス――グイン専属の薬師である。

　シリウス王子保護のためサイロンを発った豹頭王が、同日同時刻、二百モータッド以上離れた〈黒曜の間〉にも存在する、という工作をグインその人から依頼されたのだった。

（魔道でも使わぬことには、とても不可能だと思ったが……）

　薬師であれば、天井から幻覚薬を何百スコーンかふり撒き、出席者のつむりを白昼夢に染めるといういささかやけっぱちな案も考えついたが、（でもそれでは即位式どころではなくなってしまう）自分で即却下した。

　ニーリウスの他に工作に関わったのが、護王将軍のトールと、《竜の歯部隊》将軍ガウスである。グインの代役さがしに奔走してくれた。ケイロニア軍広しと云えど、身長二ターールを超える大男はそうそう居るものではない。金犬将軍ゼノンが居るが、ゼノンは十二神将のひとり。影武者にするわけにはいかぬ。そこでトールとガウスがすべての部隊、すべての傭兵のリストをくまなく調べ見つけ出したのが、近ごろ白象騎士団に士官したベルデランドの傭兵だった。しかしその傭兵、身長という条件は満たしても、ひょろ長で筋肉量は本家の足下にも及ばなかった。ガウスは綿を縫いこんだ肌色の下着を身につけさせ、その上からケイロニア元帥の鎧甲冑を着せることで、首から下の体裁はととのえた。

最大の問題はむろん豹頭王を豹頭王たらしめる豹頭である。ある程度近づいても偽物とわからないようにしなければならぬ。

かつてひきこもりだった研究者は、豹頭王を模した仮面をみずから製作しかぶっていた。それはじつに精巧な、豹の毛並みと質感さえ備えていた。その仮面を影武者にかぶらせ、舞台の奥まった位置に座らせて、燭台の光が直接あたらぬよう工夫したのである。

しかし懸念もある。

「ただ座っているだけならなんとかなると思いますが、もし万が一演説するようなことになったら……それに影武者は騎士団の新入りだそうで、これだけ大勢の人を前にして平常心をうしないはしまいか、不手際をしでかしはしないか心配で……胃が痛みます」

トールは、「ニーリウスどのの心配はもっともだが、俺たちが全力で補佐するゆえ案じられよ。グイン陛下から、即位式はオクタヴィアさまを中心に進めるよう、ご指示を受けている。新皇帝誕生の瞬間に、人々が刮目するようにと」と云い、ガウスは、「そうだ。式典でグイン陛下が演説されるご予定はない。影武者を怪しまれることはまずなかろう」と力強く肩を叩いた。

（即位式に豹頭王陛下の出番がない、とはまた物足りない話だが……これもすべてケイロニアのため、新皇帝を印象づけるため、陛下の考慮されたことなのだろう）

薬師はふうと息をついて、この大博打の成功を天に――ヤーンに祈った。

その天空――黒曜宮の上空では、何十タッドにもわたって広がる黒いもや、おびただしい「魔の尖兵」とドルニウス魔道師との戦いが今まさに始まっていた。

何千何万ものおびただしい黒い翅の群に、鴉頭《あとう》人身の魔物が突っ込んでゆく。太いくちばしを限界まで大きく広げ、蝶をぐんぐん吸い込んでゆく。ある種の水鳥が魚をさらいこんだように、くちばしがはち切れんばかりに膨らむ。

蛇尾を持つドルゥが甲羅を高速回転させると、小さな竜巻が巻き起こり、中心に生じた真空のやいばが蝶たちをずたずたに引き裂いた。

水妖精《ナイアド》は長く細い髪をうち振った。放射状に広がった髪は、蜘蛛の巣のように虫をからめとる。

石像の戦いぶりを眺めるドルニウスは楽隊の指揮者のようですらある。

石や木や意思もいのちもないものを自在に操る、念動力は魔道師でも容易につかえる技ではない。ドルニウスには負担の重すぎる大技ではないのか？

（さすが長年宮殿を守ってきただけのことはある）

魔像は黒曜宮の建造時よりドールの方角を睨んできたのだ。石工が精魂をかたむけて彫り上げ、何世紀もの間風や雨にさらされ、石はただの石ではなくなっていた。ドルニウスは黒曜宮の魔除けの像に、本来の使命を目覚めさせたまでだ。

ドルニウス自身の《気》も負けず劣らず充実していた。魔道師ギルドの魔道師が何を措いても優先すべきは、魔道そのものへの忠誠とギルドへの忠誠、そして魔道師ギルドのパトロンであるパロ聖王家への忠誠である。青い血をひく姫君のため命を賭すことは、パロの魔道師として最高に名誉あることであり、精神力の高揚は魔道の位階さえ引き上げる。

（これも豹頭王グイン陛下のおかげだ。俺の果たすべき役割を示唆して下さったばかりではない。生ける神話――稀有の存在に近く拝謁したことで、計り知れないエネルギーの一端を恩恵として賜った）

限界を越えて力がわき上がってくるのを感じた。ドルニウスが掌から発したのは、光球と同質の光を編んだ投網だ。ふわりと投げられたそれはガトゥーの大きさまで広がると、魚をすなどるように蝶の大群を捕らえ込む。と超高熱を発して焼き尽くした。

それでも――

緒戦ではドルニウス側が優勢に思われたが、吸い込まれ、切り裂かれ、焼き尽くされながらも「魔の尖兵」はいっかな衰亡のきざしを見せない。それどころか蝶たちははかない虫けらではないことを証明してのけた。

「豹にあっては豹となり」

花園でドルニウスが垂れた講釈そのままに、敵対するものの性質と戦闘力をそっくり獲得する能力を備えていたのだ。

ガーガーのくちばしを黒いもやは旋風となって逃れ、上昇しながら旋回し黒い羽毛を撒き散らした。瞬時に凝塊《ぎょうかい》し変化を遂げたそれは強大な翼で風を切る。獰猛に曲がったくちばし、たくましい体幹をそなえた猛禽《もうきん》の王。大鷲であった。

大鷲は急速で降下し、鴉頭人身の魔像に襲いかかった！

鋭い鉤爪は石像の胴に食い入って亀裂を走らせた。猛禽のくちばしが鴉頭を激しく叩き割る。

鴉頭を割られた魔像は石塊に還って、空中に四散した。

ドルウの像もまた、蝶が変身した長大な爬虫類のえじきとなった。飛翔する大蛇が甲羅に尾を叩き付けてくる。二度三度と、石の甲羅に無数の亀裂が生じる。それでもドルゥはかまいたちを放ちつづけ、蛇身の何箇所かが切り裂かれ、黒色の血がしぶく――と見えたのは蝶の翅が一瞬結合を解いてダメージを回避するからなのだ。

四方八方に亀裂を生じさせたドルゥを、大鷲が腹側からつらぬいて止めをさした。

二体の像を石くれに戻し屋根に降らせると、大鷲と大蛇は中空で交差しからみあった。くちばしを天に向けた大鷲に大蛇がするすると巻き付いて、鳥の翼と鉤爪、蛇の頭部と鱗、あい異なる形質と組織が接したところから、互いを侵蝕しあい融合を遂げてゆく。

蝶たちはその周りを飛び交いながら、新たに獲得された身体の表面に張りつくと見る間に吸収されてゆく。

ドルニウスは魔道の洞察力をもって、おぞましい新生を予知した。魔道十二条が禁じる生命合成の秘法を目のあたりにして、魔道師ギルド出身の魔道師は、背筋に猥《みだ》りがわしい粟を生じさせたがつとめて冷静をたもとうとした。

（いや、もとよりこやつらは蝶の集まり、同じ要素がより集うのは、雨水を集め河となし、土くれが丘陵となる――それと同じこと）

ヤーンの聖句を唱えて炎の剣を呼び出し、変態を遂げつつあるものの核を目がけ投げつけた。しかしこの魔道はあっけなく弾き返された。

（こやつ結界を張れるのか？　それだけの知能……魔道さえ操るのか？）

怪しむ間に変態は進んでゆく。鱗につつまれたキメイラがグードルの翼をおのれの身に巻き付け瞼を閉じているのがわかる。それはクムの三大珍味のひとつ——孵化寸前のアヒル《グドゥー》の雛を茹で殺したものによく似ている。おぞましいのはそれが生きていることだ。どくんどくんと胎動がつたわってくる。

ついに——怪物《キメイラ》は巨大なグードルの翼を開き、鱗に覆われた頭部を現し、爬虫類の瞼《まぶた》をもち上げた。鋸歯《きょし》を二重に生やしたあぎとが開いて、周囲を飛び交う蝶たちをひと息に吸い込むと、その体はさらにひとまわり膨れあがった。

（黒魔道の化け物め、ヤーンの摂理にことごとく背いている）

羽ばたくと烈風がうなりを上げる。今や魔道師は体勢をたもつのもやっと。堪えきれずナイアドが吹き飛ばされ、宮殿の壁に激突して落下する。長い髪も手足も砕け、美しい女の首が中庭の敷石の上にむざんに転がる。

魔竜は縦長の虹彩にぞっとしない知性を宿して魔道師を睨《ね》め付ける。

このおそるべき敵から《閉じた空間》を使えば逃れ去ることも可能だが……

「アル・ジェイナス・ディア・カーン！」

ふたたび呪文を唱え火焔をほとばしらせるが、火線は竜の分厚い装甲を焦がすことさえできなかった。圧倒的な力の差にドルニウスは愕然とする。

ぶんと、尾がうち振られ、風圧だけで魔道師は宮殿の屋根に叩き付けられた。

常人なら全身骨折で即死をまぬかれない衝撃だった。激痛に呻き、咳き込み、吐いた血で道衣を汚す。倒れ臥した魔道師を巨大な影が覆いつくしていった。

ドルニウスはゆっくり降下してくる魔竜を見上げ、

（こやつ知能をもっている。獲物の恐怖を味わっている）

邪悪で強大な——死そのものと対峙しながら、恐怖よりまだ戦意が勝っていた。

（来い！　踏みつぶすにしろ、食らうにしろ——もっと近くまで。目にものを見せてやる）「ジェイナ・ディア・ジェイナス！」

悲愴な覚悟をもって呪文を唱えた。一兵卒の魔道師にできる最終最後の反撃手段、自らの命を魔道にふきこみ、敵に浴びせかけもろともに散る——！

が、爆発は起こらなかった。敵の体に触れる前にしゅうと気の抜けだす感覚が見舞って、

（しくじった!?　ばかな、この土壇場になんという……くそっ！）

自爆しそこなって思わず悪態が口をついて出る。

と、わずか数ター《ドール》ルまで迫った巨大な爬虫類の足裏が、静止したままなのに気付いた。

（異変はあやつにも起きている……？）

魔竜は下降できずにいた。翼をばたつかせ、足掻き、おのれを見舞った異常事態に全力で抗っている。よく見れば両翼は不自然に広げられ折りこまれ、あたかも見えざる神の手にもてあそばれているようだ。

（神……これは神の力か？）

そうとしか思われなかった。翼だけではない、竜の胴がしぼられねじ切れそうに細くなり、竜の口吻から苦鳴が漏れる。見えざる巨大な力に捩じり上げられ、もはやドルニウスを圧殺するどころではなくなっている。

（神よ、まことヤヌスであらば、さいぜんの不適切な言をひらに許し給え）

敬虔な祈りのさなか、ドルニウスの脳裡に、鮮明なけしきがひろがった。横臥する屋根の下で今まさに行なわれようとしている厳粛な式のありさま。ケイロニアで最も高貴で神聖な儀式であった。ふいに流れ込んで来た映像に諭されたような気がした。

（オクタヴィアさまの即位式を自爆などで乱してはならなかった）

と、頭上の竜がさらに激しくはばたき身もだえた。抵抗も空しく竜の巨軀は持ち上げられてゆく。――上昇スピードが上がる。

ドルニウスにも変化は見舞っていた。

ありったけの力を魔道に注ぎ込み、全身は打撲で身動きもままならないのが、にわかに体の痛みは失せ、精神力がよみがえってきていた。ひじをついて上体を起こし、次の刹那に竜を追って飛んだ――というよりおのれのものでない不可知の力に飛翔する力をあたえられた。

黒曜宮の上空百タールで、竜は聞くに堪えない鳴き声をあげ、狂ったように体をのたうたせていた。竜に伴走して飛翔した魔道師は、宙に静止しそのようすを観察した。いかに翼をばたつかせても自力飛行ができない状態。圧倒的な力によって拘束されている。

このとき——

ドルニウスのうちに響くものがあった。心話の一種のようだが、上級魔道師やギルドの大導師とはまるでちがう精神波だった。通常ありえなかった。そのメッセージは黒魔道に侵され操られぬよう精神を覆っているバリヤーを透過して届けられたのだ。

（今なら竜を仕留められる、そう云うのか……？）

しかもそれは中原の言語体系に属していない。云うなら、ルーンより原初的で直接的、拙《つたな》いとさえ云える伝達法だったがそれでも——今なら、黒曜宮から百タール離れた上空でなら、屋根に穴を空けることなく、したがってケイロニア女帝の即位式を乱すことなく、「魔の尖兵」が作り出した魔竜を倒せる、と魔道師に領解させるだけの言霊であった。

ドルニウスは再度呪文を唱えた。

「アル・ジェイナス・ディア・カーン」

さらに「ディア・エーディト!!」

それは最強の火の精《エーディト》を呼びだす呪文であった。

魔道師の掌からほとばしる火線はさながら大蛇。すさまじい勢いで宙を走り、放ったドルニウス自身あおりで吹き飛ばされそうになる。

火焔は竜の体をつつみ、骨格をきれいに透かし出した。直後、はげしい爆音と共に大きな火柱が上がった。

大魔道師が引き起こしたかのような爆発と、一瞬に燃え尽き、銀色のこまかな塵となって宮殿に降りそそぐ竜の残骸を、ドルニウスは呆然と見つめた。

（……これは、「魔の尖兵」を滅ぼしたのは俺の力ではない。俺の体と精神と、魔道師の技をつかって、なにかがその巨大なエネルギーを解放させた……神のような……まさに神の御力としか思えぬ）

観想する魔道師からそのとき抜け出したものがあった。痛みも脱力も感じなかったが、ドルニウスは魔道的な質量の変化を感じ取った。

（あなたは神の一族なのか、ヤヌスの使いであらせられるか？）

問いかけに答えるかのように、やわらかな多少可笑しそうな精神波が届いて、ドルニウスの口もとをゆるめさせた。魔道師の感性だからこそわかった。それはひと仕事を終えたように、彗星のように眼下の宮殿に吸い込まれるように消えた。

（……豹頭王陛下はこのことを知っていて、俺に黒曜宮の警護を任せられたか。賭博者ではなかった、中原一の知謀の軍師であったな）

最後にドルニウスが感じとったのは、トパーズ色の光の尾と赤子の乳臭い残り香である。

宮廷雅楽団の楽の音がなおいっそう高まる中、〈黒曜の間〉の桟敷席――ロイヤル・ボックス――で女官が声をあげた。

「おめずらしいこと！　アルリウスさまが、ぱっちりおめめを開けてらっしゃるわ」

赤子は寝るのが仕事、とはいえあまりにもよく眠るので彼女たちは「眠れる王子」と呼んでいるのだ。

「そんなに驚くことないでしょ」と、王子の母親はこともなげに、「さっき爆竹の大きな音がしたからそれで起きたのよ。さ、アル、そろそろ伯母さまが出てらっしゃるわ。晴れ姿をよおくご覧なさいな」

ヴァルーサに抱き上げられたアルリウスは、トパーズ色の瞳をきらきらさせご満悦のていであった。

3

そこはベルデランドとタルーアンの領土の境にあり、土地の者からは「鬼の岩屋」と呼ばれるが、天然の地熱を利用してタルーアンの母親と赤子を庇護している。

その奥の間に、巫女ヴィダはあぐらをかいて瞑想にふけっていた。ほお骨の高い威厳にみちた顔立ち、初老だが美しかった。淡黄色のゆたかな髪が背中をおおっている。

自然の天窓からのぞく蒼天。

澄みわたるナタールの空は正午を過ぎたばかりである。

地母神サーリャの巫女は、この北星の間にあって予知をとりおこなう。北星とはポーラースター、ケイロニアの北限ヴァーラスでタルーアンに信仰されている。巫女のつとめは一族の特に子どもたちが災厄や病気やツンドラの寒気によって命を奪われぬよう、その母親たちに助言や時には予知をさずけることだ。中原の魔道師ギルドとはまったく違う法力を彼女は持つ。

その彼女が今いっしんにポーラースターに祈っていたのは――

（……シリウス）

左右色違いの瞳をもつ二歳に満たない男児。ナタール河の水害に生き残り、タルーアンの岩屋に連れてこられた子ども――シリウスのためだけに昼のさなかポーラースターに向かって念を凝らしていたのだ。

ユリアスが岩屋に連れて来た幼な子の額に、ヴィダは特別な兆しを見てとった。それは数百年に一度の大水害を察知したときと同じくらいの戦慄だった。

（これは――この子はたぐいない星。これは、たぐいない運命――大いなる諍いをもたらす星宿）

ユリアスは、ポーラースターに伺いを立てたとき、シリウスが〈光と闇が相争う王子〉だと聞いたと云った。想い人の声に告げられたと――。そしてあれほど子どもを厭うていたユリアスがシリウスには惹かれている。慈しみの目を向けている。そのユリアスにはだがわかっていない、シリウスという星が負う《闇》がどれほどのものか――ユリアスもその想い人も飲み込むほどに、大きく深いことに気付いていない）

これまでの彼女はおのれの運命を嘆いたことも抗ったこともなかった。先のベルデランド侯ディィルスに早く逝かれ、その息子ユリアスが後添えをめとらず後継ぎをもうけようとしなくとも、ありのまま受け入れてきた。ディィルスを愛していたし、ユリアスの子を――孫を抱きたい気持ちもあったが、タルーアン族の未来と岩屋を第一に考え見守ることに専念してきた。

　ヴィダは何度となくポーラースターに向き合い、太古の昔から位置も青白い星の輝きも変じない絶対のものに、地上のささやかな営みを照らし合わせようとした。しかしことシリウスに関しては、いつも不穏な——嵐を前に、ひたひたとナタールの水が満ちてくる不安しか感じられなかった。

　そして、ある夜奇妙な夢を見た。

　女が泣いている。タルーアンではなかった。金茶色の髪、痩せて小柄な若い女が、夜泣き鬼《バンシー》のように泣きわめいていた。ヴィダにはわかった、子どもを奪われ絶望した母親だと。

（夢に出てきた者はこの子の母親であろうか？　産着にシリウスの名を縫い取った者であろうか？　それはケイロン人か……）

　タルーアンの巫女は、文明国の人間が心に抱くものを、星の世界の神秘やナタールの瀬音ほどには、理解することはできなかったが。

（シリウスの母親は深い嘆きの中で子を産んだか？——シグルドのように？）

　古代の英雄王シグルド。タルーアン族とベルデランド人、両方の崇敬を集める。

　タルーアンとケイロニアの間に争いが絶えなかった時代、タルーアンの族長をケイロニアのアルビオナは初夜の寝床で刺し殺した。彼女はその一夜に身ごもり、一代でタルーアンを統一する英雄王を産んだ。王や国という観念がないタルーアンをまとめるにはケイロニアの血が必要だったのだ……。

〈シリウスはシグルドではない。タルーアンの血をひいていない。だが〈光と闇が相争う〉とは、シリウスが、タルーアンとベルデランドに戦をもたらすということか？〉

懸念をおぼえた巫女は、ユリアスから預かったシリウスを手元で育てることにした。

〈シグルドはタルーアンに育てられた。シリウスもこの岩屋で育てれば、諍いをひきよせることなく、健やかに成らしめることができるのではないか？〉

ユリアスのため、タルーアンのため、ベルデランドのため――ヴィダ自身のためにもそれが一番よい道だと思われた。なぜならヴィダもまたひと目会ったときからシリウスをいとしいと――実の孫におぼえるような情愛を感じていたからだ。

そのヴィダの目に今、混迷と苦悩の光がある。

〈感じる、ポーラースターの光を透して。シリウスが災厄に引き寄せられる――否この子の星が《闇》を引き寄せずにおかないその運命《さだめ》が。ユリアスのためその思い人のためにならぬように、タルーアンのためにもならぬ星、凶星であると――シリウスを廃せよ、とポーラースターは告げているのだろうか？〉

光と闇の王子、ユリアスの夢の告知もまた巫女をめぐるめく攪乱していた。

タルーアンの岩屋に諍いの種をもちこんだ、咎めが巫女のうちにはある。しかしシリウスを排することで平穏無事が得られるとは考えなかった。

（子どもはすべての民にとって希望、希望とは光。どんな子どもも、シグルドも――シリウスも一個の星として地上に降りたったのだ。母親から産まれてきたのだ。いつくしまれるため、その光となるため。そうでなければならぬ。――ユリアスが連れてきたときから、あたしはあの子が……）

ヴィダは天窓のはるか彼方に目を凝らしていた。先代の巫女より、真昼の天蓋の向こうにポーラースターは変わらず輝いていることを教えられていたからだ。

（見つかるはず、念を研ぎすまし、深く深く考えれば。ユリアスもタルーアンも、何の罪もないシリウスにも、よい未来がどこかに、ポーラースターならみちびいてくれる）

はるか彼方まで見透すようにナタールのように青い目をみひらく。

そこで、はっとした。冷風のような感覚に背筋をなぞられて。

張りつめ拡大した精神に異質なるものの気配が冷風となってはいり込む。近づいてくる。岩屋に迫ってくる――たくさんの獣、何人もの人の荒々しい息づかいが。

そして――

獣の鳴き声が聞こえた。岩屋で飼育している大鹿《パル》だ。馬にも勝る体軀と大角をそなえた獣の嗅覚はしごく繊細である。巫女は、その鳴き方をある程度聞き分けることができた。パルは怯えているようだ。狼《ブルク》の体臭を嗅ぎ取ったとき、そのような鳴き方をする。

（闇と諍いが来たったか？）

巫女の顔は蒼白かったが動顚はしていなかった。いつかは来ることが今来たということだ。趺坐《ふざ》を解いて立ち上がる。天窓を見据える目にもはや迷いはなかった。


大鹿《パル》を脅かせたのは人間だった。ダナエのケルートが、傭兵溜まりで雇った金さえ払えばいかなることにも手を染める男たち。野生のブルクならおのれの胃袋と仔のためだけに狩りをする。人間とは野心と我欲のままに獣よりはるかに残忍で獰悪《どうあく》なことをしてのける。大鹿たちはその魂の腐敗臭をいち早く嗅ぎ取ったのだ。

二十からの騎馬が馬蹄をひびかせ、丘の中腹からタルーアンの岩屋へ降り下ってきた。岩屋への道は狭く険しくなるので、騎馬は速度を落とし一列になって進んできた。

傭兵たちの先頭にケルートは立って、

（鬼の岩屋とはよく云ったな）

天然の奇岩にとりまかれた岩穴に、好奇と酷薄が入り交じった視線をそそぎながら、馬を歩ませる。

と、入り口に体格のいい女が現われた。手に長いカシの棒を持ち、衛士のように凜と声を張る。

「ここはサーリャの岩屋。他所者はみだりに入ってはならぬ」

(けっ、蛮族が偉そうな口をたたくぜ)

タルーアンはケイロニア人よりはるかに劣る人種だという、旧弊な考えがケルートには刷り込まれている。

「あたしはルマ。サーリャの巫女さまの下《もと》で修行している」

誇らしげに胸を反らし女は名乗った。ゆたかな胸と腰の持ち主だ。身長もケルートよりいくぶんか高い。

「お前たちはベルデランド城の者か？」そうは見えないが――と云いたげにルマは目をすがめている。

ケルートは性悪げに口の端をゆがめ、ことさら横柄に云いはなった。

「タルーアン、ここに子どもが匿《かくま》われているだろう？　左右の目の色がちがう、シリウスという名のケイロン人の子どもだ。その子はケイロニアの選帝侯の落とし胤だ」

「落とし胤ってなんのことだ？　ここに居るのはみなタルーアンの子。先代のベルデランド侯ディルスさまから認めてもらった、タルーアンの岩屋だよ？」

「ふん、ベルデランド侯など、タルーアンとさしてちがわぬ蛮族だろう。それとも子どもの所在を隠そうと――惚《とぼ》けているつもりか」

「蛮族とは聖所に踏み込む無法なやつを指すことばだろ？」

「へらず口を叩くな！」早くも忍耐を切らし、ケルートは顔をどす黒く染める。

「子どもを連れてくればよし、連れてこなくば――ここに女子供しか居ないのは調べがついている。手荒なことをされたくなかったら……」

恫喝《どうかつ》のせりふが終わらぬうちに、カシの棒がダンと岩場に振り下ろされ、ケルートはびくりとする。

「お前のいうことなど聞かぬ。岩屋の女はサーリャの巫女さまだけに従う。――巫女さまが岩屋の子どもを他所者に渡すことはない。他所者は今すぐ去れ！」

もういちど鋭く硬い音がひびいた――次の刹那、ぐぅんと、それ自体が伸びたように馬上の男に向かって棒が突き込まれた！

「うあっ」

ケルートはとっさにあぶみを外し片側に体を逃した。すかさずルマは棒を振り下ろす。馬がいななき、ケルートは耳の横にすごい風速を感じた。怯えた馬が跳ね飛んだおかげでかろうじて頭を砕かれずに済んだ。

「あはは、口ほどにもない。真っ青じゃないか！」

ルマは笑って云う。が、武器を構える姿勢にみじんも隙はない。

あざ笑われたケルートの胸に卑屈な暗い炎がたちのぼる。

（蛮族の女め、ばかにしやがって……）

毒蛇の息を吐きつつケルートは後退し、傭兵たちに替われとささやいてから、命じた。

「殺せ、あの女からだ。殺して子どもを奪取する」

はなから皆殺しにするつもりだった。シリウスを手に入れるためなら。

傭兵たちは馬を飛び降り、長剣を抜き払って、ルマに殺到した。

ひとりの女が二十人の男たちと戦う――いかに腕が立っても無謀に過ぎる。と、ここで巫女修行者は思わぬ行動に出た。唯一の武具を、先頭の傭兵に向け、投げ槍のように投げ放ったのだ。

傭兵はカエルのような呻きを上げた。カシの棒の尖端が喉に命中したのだ。のけ反って倒れる勢いで、後ろの者を巻き込み、ふたりは堅い岩に頭を打って悶絶する。

一投でふたりを仕留めるとルマはさっと身をひるがえした。

「追え！　とっつかまえてなぶり殺しだ」

後ろからケルートは声をふりしぼった。

ルマは奥に向かって走った。

岩屋は蟻の巣のような構造になっており、通路を中心にいくつも房分かれしている。個々の房《へや》を仕切っているのは、天上から伸びた石柱にかけ巡らした毛織りの帳《とばり》だった。帳には色鮮やかな花や鳥が織り出され、岩壁には獣脂ロウソクが立てられている。女たちが作りあげた人がましい住居を、泥をこびりつかせた長靴《ブーツ》が踏み荒らす。

ルマは走り、跳躍した。長い筋肉質の脚で、二タッドくらい空を踏み越える。追う者たちは亀裂でもあるかと疑ったが、無い。ロウソクの光はなだらかな岩地を照らしている。傭兵たちは誰ひとり不審に思わず、その上を踏んで——

「うあっ！」

「わー」

みごとに罠にかかった。

そこには岩と同じ色の仕掛け網が敷かれていた。

「う、うああ！」

一瞬のうちに五人が網にくるみこまれた。口のすぼまった網はじたばたもがく傭兵たちを仕掛けによって高くつり上げた。

それを合図に——

仕切りの後ろから何本もの棒が突き出されてきた。

鹿やモミの木を織り出した帳の陰で攻撃の機をうかがっていたタルーアンの女たちだ。手に手にルマと同じ武器をもって、聖域を踏み荒らす者たちに立ち向かう。長くて重い武器がびゅんびゅん風を切る。もとより大柄で力のあるタルーアン族である。無頼な傭兵たちに渡り合っても一歩もひかない。

「野蛮人め」

「無法な侵入者！」

女たちの中にはもちろんルマも居て、「去《い》ね！　他所者」するどい突きを繰り出して傭兵を圧倒する。

指揮官きどりで戦いを眺めていたケルートは内心うろたえた。

（なんて女たちだ……戦い方を知っている）

女たちは力まかせに棒を振り回しているのではなかった。石柱や岩壁を盾にして長剣をふせぎ、ひとりが危なくなるとすかさず別の女が加勢する——訓練された動きをしている。

——かつて、タルーアンとベルデランドの間では、岩屋のある土地をめぐって抗争が絶えなかった。ツンドラの地の奇跡のような岩屋のため、子どもを守るため、母親であっても、たとえお腹が大きくとも戦士となって戦ったのだ。

傭兵のひとりが長剣を岩の間に斬りつけ「しまった！」、あわてて抜こうとするが情容赦なく頭部を砕かれる。傭兵たちはすでに三分の二まで数を減らしていた。

（互角か……いや……傭兵たちのほうが押されているじゃないか）

ケルートはうめく。ここまで来て撤退などはない。シリウスを手に入れなければ破滅するのはおのれだ。どうすりゃいい？　ドールと取引すれば手に入る黒い知恵の実を、彼はかち割った。ひらめきを得たとたん、だっと走り出す。

「逃げるかっ」

気付いたルマがケルートに駆け寄ろうとしたが、傭兵のひとりに阻まれる。

「死ね！　女」

長剣がカシの棒を薙いだ――と思われた刹那、神速の突きが勝って、傭兵のあごを粉砕する。

ケルートの目的は馬の鞍にくくりつけたものだった。ルマに追いつかれる前に、取り外したそれを岩場に叩きつける。革袋が破裂して、中に詰まっていた液体が飛び散り、かけ回されていた毛織物を赤黒く染め、鼻を刺すような異臭が漂った。

ケルートの目の異様な光に気圧されルマは立ちすむ。

「へへ、これが何だかわかるか？」

云いながらケルートは手を岩壁に伸ばした。ロウソクをひったくる。獣脂の灯りが照らし出したのは、形勢逆転を確信した悪党の度し難い笑みであった。

「油だ。燃えつきやすいヴァシャの精油。これに火をかけたらどうなるか、蛮族でもわかるだろう？」

ルマは青ざめた。

地熱の加護を受ける岩屋である。火災はなにより怖れるべきものだった。

「そんなことすれば、お前たちも死んじまうよ」

「覚悟の上だ。俺はドールといっしょの船に乗っている。死など怖れちゃいないさ！」

豪語する陰に黒い笑いがあった。（ヴァシャ酒を油と信じ込んだな、蛮族め）

「ドールは中原の神だ。あたしの神はサーリャ神……タルーアンの……」

ルマの声は震え、目には迷いの光が揺れていた。

「ここを燃やされたくなければ、他のやつらを止めさせるんだ」

ルマはうなだれ、戦いつづけるタルーアンたちを振り返って——叫んだ。

「巫女さま！」

「ケ——ン」

岩屋にひびいたのは文明国の者には馴染みのない獣の鳴き声だ。

ケルートは魅せられたような目を、通路の奥から現われたものに注いだ。

巨大な灰褐色の獣が両の目を金貨のように輝かせている。たくましい大鹿《パル》には、枝分かれしたみごとな角が生えている。

巫女は鹿の背に鞍も置かずまたがっていた。

タルーアンの女たち——母親たちには、お腹の大きな者も混じっていたが——全員が武器を引いて岩陰に退いた。矛をおさめた女戦士たちに斬りかかろうとする傭兵を、巫女は制した。

「無法はならぬ！　サーリャの岩屋に血をながしてはならぬ」

深い声の響き、その精神力に傭兵たちは圧倒されたように動けない。

「シリウスはここにいる」

巫女は云った。彼女の背におくるみが紐で縛りつけられている。

「ほんとうか。渡せ！　子どもさえ渡せば火は付けないでやる」

ケルートは怒鳴った。

巫女を乗せた鹿はゆっくりと歩み、手を差し出したケルートの脇をそのまま通り過ぎる。

「な……に……？」

ばかにされたと思ったケルートは顔をどす黒くした。

「住処を火の海にされてもいいのか？」

「それがドールという神の望みか？　我らはタルーアン、異なる神の命になど従ういわれはない」

「死んじまえばドールもタルーアンもないぜ。子どもを渡せば見逃してやるといってるんだ！」

巫女は首を振った、哀しげに、嘆かわしげに。

「そなたには解らぬ。ポーラースターにみちびかれる運命——子どもが果たすべき——この子の真《まこと》の姿など。光と闇の子シリウス、この子はサーリャの地で女神の化身である牝馬に仮託されたのだ。シグルド王の再来として」

英雄王シグルドの名は、タルーアンの女たちにざわめきをもたらした。

「ユリアスさまが牝馬から取り上げた子は英雄シグルドの生まれ変わりだったんだ」

ルマが呻くように云う。

「何をいってる？　シグルドは神話の王さまだろ。その子どもと何の関係がある」

「気づいておらぬな。そなたもまた引き寄せられる蛾の一羽に過ぎぬことを」

「蛾だと？」

虫けら扱いされたと思い込んで、ケルートの目は殺気をおびた。

(この女、巫女だか何だか知らんが偉そうにしやがって。気に食わん。シリウスを手に入れたら火でも剣でもいい、酷い目にあわせて殺してやる)

ヴィダの年齢や雰囲気が、ダナエの母侯ルシンダを甦らせてもいた。

「シリウスは――」

ヴィダは云いかけ、口をつぐむ。

(この上……子どもについてなにか云うようなことでもあるのか？)

巫女の言葉にある、無法者の魂さえ縛り付ける響き、それこそ霊能のあかしだった。

巫女を乗せ大鹿は岩屋の中をゆっくり進んでゆく。

シャンシャンシャン……

巫女が手にした棒には鈴が結わえつけられていた。鈴の音はおごそかに、また人の心を別の境にいざなうように鳴り響いた。

そして――

巫女に棒の先で尻を打たれ、鹿はひと声鳴くと蹄《ひづめ》を蹴立てた。シリウスをおぶった巫女の背が遠ざかる。

このときになってケルートはわれに返った。

「お、追え――！」

傭兵たちはあわてふためいて、馬のあぶみに足をかける。

ケルートも馬に飛び乗った。このとき彼の手から落ちたロウソクは岩場を転がり亀裂に落ち込んだ。


巫女の乗った大鹿は、岩だらけの坂を一気に駈け上がった。

追う者たちはほどなく後悔することになった。岩屋は丘陵の中腹にあった。木も草もほとんどない岩ばかりの丘から続く道は険しくなる一方だ。

険路で馬は立ちすくみ、拍車をかけようと鞭打とうと動かなくなる。

（くそー！　これでは驢馬《コーコ》のほうが早いぞ）

同じ道を大鹿は重さなどないようなかろやかな足どりで進んでゆく。

「馬を捨て、よじ上るぞ」

ケルートは鞍を飛び降り宣言した。目に獲物を追いつめる狩人の冷酷を取り戻している。（猫《ミャオ》と同じだ。追われてただ上へ上へと逃げてるだけだ）

道は岩山のすそ道に続いていた。目の前に迫ってくる切り立った崖、もはや逃げも隠れもできまい。ケルートは舌なめずりし、目に喜色をたたえる。

しかし——

ケルートの目は信じがたさに見開かれた。

大鹿はどこまでも限りなくのぼってゆく。ほとんど垂直な岩壁のわずかなでっぱりからでっぱりへ蹄をかけ飛びうつってゆくのだ。

崖下までたどりついたケルートは息をきらしながら、呆然と、奇跡のような均衡《バランス》を保った大鹿とそれにまたがる初老の女を見上げた。

（てっぺんまで上るつもりか、いかれてやがる……）

ついには崖の最上層に達した。

そこで巫女は手にした棒を投げ捨てた。鈴の音を鳴り響かせて棒は何十タールか落下した。それから巫女はおぶい紐をゆるめて、おくるみをずらし両腕に抱きとり、そのまま頭上に持ち上げた。

（な、何をするつもりだ？）

ケルートの額に冷たい汗がしたたった。

それほど危うく見えたのだ。狭い岩棚に蹄の先だけで立っている大鹿《パル》。その裸の背にまたがった巫女の酔狂きわまりない行動に、

（まさか、子どもを投げ落とすつもりなんじゃ）

おくるみを天に捧げるように差しあげる巫女に、ケルートは心底正気を疑った。冷や汗を浮かべた男の耳にやがて弱々しい子どもの泣き声が届いた。

4

巫女は狂ったのではなかった。巫女は祈ろうとしたのだ、彼女の信じる神に。

昼の天蓋の向こうにある、ポーラースターにかぎりなく近付き祈ろうとした。

（この子の星が闇と諍いをひき寄せるさだめであろうと——幼い命にけがれはない、尊い命なのだ。神よ、その光をもって——この子のさだめが——光と闇が相争うものならば——）

「光にこそ勝利を！　神よ！」

巫女は運命に抗おうとは思わなかった。おのれに出来ることを——ポーラースターに祈ることを選びとったのだ。

（許しておくれ、こわい思いをさせてしまって）

シリウスは泣いていた。暴れると危険なのでしっかりくるまれ、崖を吹きすぎる風の音におびえ、寒気にふるえて泣いている。

（お前にはなんの罪もないのに、シリウス……）

巫女は胸を痛めながらも、心の芯に炎をかきたて祈った。

光を――シリウスの闇を払う神の名を力のおよぶかぎり――

「ポーラースター、星の界《うみ》の王よ！」

呼んだ刹那に――

ツンドラの地に雪と嵐をもたらすという、イミールの神々が氷上に仕立てる船、鋭い衝角で氷を砕いて進む音を、巫女は風の中に聴き分けたと思った。

否、たしかに、氷を割って進軍する神々の角笛の音が響いてきた。

その音をケルートも聞いた。ダナエの伯爵はタルーアンの巫女より現実的だったから、（ベルデランドの――選帝侯の騎士団がやって来たのか）と疑った。

だが星の神秘を解く者と、闇に心をわたした者とでは、ものごとの本質をとらまえる力にかくだんの差があった。

ヴィダの直感こそが正しかった。シリウスをよこしまな運命――闇の手に奪われたくはない、つよい祈りから呼んだ光の王の――正しく光の軍勢の兆しであった。

岩場を駈けのぼってくる騎馬の一団の、先頭の巨馬には豹頭人身の、ケイロニア王グインの雄姿があった。

タルーアンの云い伝えにある。

道がふたつ、あるいはみっつに分岐し、そのいずれかを選ばねばならぬとき、その者は運命を選んでいるのだ、と。

ララムの宿で流木に行く手をさえぎられたグイン隊は、その街道をあきらめ、別の経路をたどってベルデランド最北のナタール城を目指した。

土地の爺に教えられたのは旧道だった。百年以上前に築かれた道は、ベルデランドとタルーアンが土地をめぐって争っていた時代に敷かれていたもので、タルーアン側にはみ出していた。

グインたちは「鬼の岩屋」を横目に進んでいった。

偵察役の騎士が、高台に上って遠目をきかし、岩屋近くの崖に奇妙な、大型の――半身半馬《ケントゥス》の一族のような姿と、それをとり囲む武装した一団をみとめた。その騎士が鳴らした合図の笛だった。

異変の報告を受け取ってグインはただちにエルス号の馬首をめぐらした。

野盗に追いたてられている領民――とするにはいささか風変わりだが――のようすに、

（追い上げられ逃れたか？――助けねば）

とっさに決断していた。

豹頭王とその精鋭隊は五タルザンもかけず岩山のすそに達した。グインは身軽に馬から飛び降りると、崖下の道を猛然と駈け上がった。騎士たちも従う。

ケルートたちには黄色と黒のつむじ風が突然舞い上がってきたように見えたろう。

（まさか――）

この世にふたつとない、ほんものの豹の頭を見て、ケルートの口の中にわけもなく苦い唾がこみあげてくる。

（なぜ、こんなとき、こんなところに、豹頭王がいるんだ…⁉）

彼の内部は狼狽―恐慌―恐怖と、負の感情でいっぱいになる。

「マルーク！」

「マルーク・グイン」

騎士たちのあげる鬨《とき》の声が、逆しまに惑乱からひっぱり戻した。

「む、迎え撃て！」

命令する声の震えは隠せなかった。

「うおー」

「てやー」

傭兵たちは不揃いなかけ声とともに、騎士団に向かっていった。

形相すさまじく斬りつけるが、騎士たちは難なく受け止め押し返す。

しかも岩屋のタルーアンとの戦いで傭兵たちの剣は疲弊していた。国王騎士団の黒鉄鉱の業物とはげしく打ちあううち、真ん中から、あるいは根元から折れて、切っ先が岩場にむなしく音を立てた。

武器を失くすと傭兵たちはあっけないものだった。

「いのちまでは取らないでくれー」

「お、俺たちはかねで雇われただけだ」

次々と膝を屈した。剣を折っていない者も投降する。もとより正規の士官など見込めぬごろつき同然のやからだが、あまりのふがいなさにケルートの腹は煮えくり返った。

（やつら……ドールの所業も辞さないと云っておきながら）

憤怒に狂った目は、傭兵と騎士の戦いを、泰然と見守っていた巨岩のような姿に向かった。

「豹頭王グイン！」

ヒステリックな声音であった。

「いや、にせものだ。その騎士もみんな偽りだ、そうだ、そうに決まっている！」

「俺はケイロニア王グイン。にせものなどではないぞ、ケルート伯爵、大喪の儀以来だな」

グインの口調は吠え付くクム犬をなだめすかすかのようだ。

「今ごろ黒曜宮ではケイロニア皇帝が即位しているはず……ケイロニア王がベルデラン

ドくんだりまで来られるはずなんかない」
「分身という手があってな」
「うそだ！」
ケルートは吠え付く。
「そうだな、うそはいかん」
グインはあくまで落ち着いた口調で、
「だが――弱い者を迫害するまねも許されぬ。ケルート伯におかれては、ダナエからか
ほど遠いベルデランドで、かよわい女性相手に何をしようとしていた？」
ケルートはちらっと崖の上に目をやった。巫女ヴィダはおくるみを胸に抱きなおし、
崖の下を見下ろしている。
「あの女は、許しがたい、よこしまな神を信じる狂人であって――」
ケルートは説明半ばでグインのふところにすかさず飛び込んだ！
突き出された短剣を、グインは体をひらき身をそらしただけでかわした。岩場に金属
音が鳴り、ケルートは呻いて手首をおさえる。短剣をかわしぎわグインに手刀でたたき
落とされたのだ。
ケルートは腰の剣を抜き放ち、奇声もろとも打ちかかった。無謀以外の何ものでもな
い剣戟。やみくもに振り回される長剣を、グインはマントの端にもかすらせなかった。

巨体が重さなど無いかのように舞う。力まかせに剣を振るたびケルートの息は上がり、しだいに足がもつれ動きをなくしてゆく。

「お、俺をばかにしてるのか！　豹頭王、剣を抜け！　まともに立ち合え」

赤黒く染まった顔にびっしり汗の粒を浮かべ声を嗄らして怒鳴る。

「ケイロニア王がダナエ選帝侯の伯爵を傷つけることはできぬ。ケルート伯、気付かぬか？　ケイロニアに内紛を起こさせようという動きが、オクタヴィアさまの即位の陰で進行しつつあるのだ。おぬしもまた陰謀の黒幕に操られておるやもしれぬ」

「なんだと……」

グインのおだやかなもの云いは、ダナエ侯ライオス毒殺に発する事件のあやしさ不自然さを指摘し、ケルートの正気を促し、正道にひきもどそうとするものであったが。

「おぬしは、大喪の儀で、ダナエ侯とシルヴィア殿下の関係を証言する者がいると云ったな。まことに証人なる者がいるのなら、そやつにあざむかれていると考えられぬか？」

「俺が……だまされている？」

緑衣の婆のうすら笑いがつかのま過《よぎ》ったが、ケルートははげしく頭を振った。

「内紛がなんだ！　そんなもの関係ねえ！　俺が欲しいのは……欲しかったのは、蔑まれないで生きることだ。貴族として、ダナエ侯家の一員として認められるため、シリウスが必要なのだ」

トパーズ色の目につよい光がさした。

「シリウス！　やはり――そうだったか？　抱かれている幼な子とは――」

ケルートは開きなおって吼えた。

「豹頭王！　男子優先は昔からのケイロニアのしきたりだ。女のオクタヴィアより、男のシリウスのほうがふさわしい。シリウス王子を正統な皇帝に据えて、俺は――先のダナエ侯の実子である俺を、ダナエ選帝侯に任命してもらうのだ」

「ケルート伯、おぬしはいささか論理の本筋から外れている。おぬしに相続の権利を与えるのはまずダナエ侯の遺族、しかるのち十二選帝侯会議の賛同を得、ケイロニア皇帝陛下によってダナエ選帝侯として承認される。おぬしはオクタヴィア皇帝陛下に、選帝侯を継ぐよしを願い出るべきであった。正式な手順を取ろうとせず、皇帝家を誹謗し策謀を弄したそのことが誤りであったのだ。誠実こそが十二選帝侯の伝統であるのだから」

「伝統だと？　ぬけぬけとよく云うものだ。では豹頭王きさまは何だ？　アキレウスに娘しかいなかったから婿の座をせしめ王冠まで手に入れたんだろう？　皇帝から宰相からいっさいがっさい丸め込んで、元を正せば傭兵上がり、生まれもつかぬ化け物がケイロニアの王に成り上がった！……俺はきさまが大っ嫌いなんだ」

鬱憤を晴らすようだったが、このケルートを内面から支配していたのはルシンダの青ざめた顔だった。おのれが手にかけた——取り返しがつかない——ぎりぎりのせっぱつまった思いが、行き止まりとわかっていながらなお先へと急がせる。

「死ね、豹頭王！」

銀光がひらめいた次の刹那、金属音が高くひとつ鳴って長剣が宙を舞った。

ケルートはがくりと岩場に膝を折った、渾身の一撃をただ一合で弾かれて。剣は岩場に深々と突き刺さる。超戦士と常人の差を知らされ——それでもまだ完敗を認めなかったのは彼が純粋な貴族や武人でなかったからかもしれぬ。

「こ、これで終わりだと思うな。まだ、日記がある。シリウスの実の父が真実を書きつづった……」

懐からくだんの日記をつかみ出し、グインに向けてひらいた。

と、頁がぱらぱらめくれだした。強風にあったように送られる頁のはざまから、黒くて細かなものが大量に飛び出してきた。

「何だ？」ケルートは呻く。

奇怪な現象に遭って、グインも、騎士たちもおどろきを隠せなかった。

それはルーン文字だった。それじたい魔力をもつという文字が頁から剝がれだし宙を舞っていた。まるで籠に押し込められた虫が自由を得たかのように。おびただしい文字の群はグインたちの頭上を越えて舞い上がると空の彼方へ飛び去った。

「こんな……こんなばかなことが、あって……たまるかあ！」

日記を繰りながらケルートは喚くが、めくってもめくっても白い頁しか出てこない。その目は血走って顔はくしゃくしゃ、泣いても泣ききれないというくらい歪んでいる。

「こんな……ばかな……ばかなことのため……おれは……あー……」

運命に欺《あざむ》かれたように血を吐くように絶叫し地を殴りつける。一気につむりの血がうしなわれ、急速な虚血によって目はかすみ焦点をなくしていった。おびただしい涎《よだれ》があごをしたたり落ちていたが、それを厭《いと》う人がましさをすでになくしていた。

獣のようなおめきを上げるケルートから、グインはいたましげに顔をそむけた。

グインは絶壁に歩み寄った。

巫女を乗せた鹿が岩棚をつたい降りようとしている。蹄をもつ獣にとっても下りは容易でないようだ。しかも背中に荷物までしょっている。大鹿は脚を危うげにふるわせている。蹄を新しい足場にかけたところで、岩のでっぱりが崩れてしまいバランスを崩した。

おおきく傾いた鹿の背から巫女は宙に放り出された。

（危ない！）

おくるみを抱いて落下する真下にグインは走りよった。

大鹿が次のでっぱりに飛び移ったとき、巫女の体はすっぽり豹頭の男の腕に抱きとめられていた。

「シレノス……？」

巫女は夢をみているような目をしていた。

「俺はケイロニア王グイン。そなたは？」

「あたしはヴィダ。サーリャの神に仕えて岩屋を守護してきた者。——あなた様はまことに王であらせられるか？」

「そうだ。先のケイロニア皇帝、ベルデランド選帝侯からも忠誠の剣を捧げられたアキレウス・ケイロニウス大帝の息女をめとり、一代かぎりの王として認められている」

「あたしはポーラースターに祈った、シリウスのために。この子にひき寄せられる闇と諍いをはらう光の王を求めた。シレノス——あなた様はその光の王であられるのだな」

ヴィダは感に堪えぬように声をふるわせた。

グインは巫女を丁重に岩場に降ろした。

「シリウス……」

幼な子はおくるみの中でぐすぐす啜り上げている。巫女はその両目にくちびるをあて涙の滴を吸い取ってやった。

「シリウス」

グインの呼びかけにこたえるように左右色ちがいの瞳がみひらかれた。もう泣いてはいなかった。ふしぎそうな顔で豹頭を見上げる。

シリウスに怖がられていないことに、グインは深く安堵しながらも、胸のうちにわき上がる云いしれない感情に戸惑っていた。

シルヴィアの一子、亡き父アキレウスのもうひとりの孫、光と闇の結婚によって産まれた神の名をもつ義子にあいまみえたこのとき、かよわい命をどう扱えばよいか、シルヴィアにいつも感じていたような不安がたくましい胸に滲むようにひろがっていた。

＊　＊　＊

わずかひと月前は喪のひと色に沈んでいた場所だとは誰も信じられなかったろう。

参列する者たちはまず壮麗な天井画に息をのみ、歴代皇帝をかたどった壁面の彫像に皇帝家への畏敬の念を深めた。広大な広間のいたるところに燭台の灯りが掲げられ、黄金と黒曜石、ケイロニアを象徴する二色の彩《あや》をいっそう際立てている。磨きあげられ、掃き清められ、晴れの日を迎え広間ぜんたいが誇らしく輝いて見えた。

新皇帝とヤーン大神官が立つ位置にちかい、前のほうの列は大貴族や名のある武官にあてられており、他と次元を画している。庶民とちがって流行より伝統を重んじている装束はいかめしくさえあって、その夫人たちは家宝の宝石のきらめきを競いあって座している。

十二神将の将軍それぞれが神獣の兜を胸に抱え居流れる姿は、尚武を愛するケイロニア国民には特に人気で、黒竜、金狼、白虎、白蛇、金犬、金羊、金鷹、白鯨、白象、飛燕、金猿、銀狐を意匠した兜と鎧を、我が子に見せてやろうと肩車をする者を、係の者は禁止して回らねばならなかった。それは後方の庶民の席で起きた椿事だが、すまし顔で着席した貴族たちこそ期待とわずかな不安に身もそぞろといったところ。これよりケイロニアはまったく新しい時代、かつてない女帝の世紀を迎えるのだ。

また、名家の夫人と令嬢は、夫や父の隣では淑やかにしながら、ドレスの裾のふくらみや宝石の意匠が、知りあいの誰それに負けていないか気にする一方で、（女帝となられるオクタヴィアさまは、いったいどのようなお召し物で現われるかしら？）と羨望にかすかな嫉妬を混じりこませ白絹のハンケチを握りしめている。

最前列は云わずとしれた十二選帝侯である。

正装のびろうどの胴着は白から黒まで、十の月になぞらえたように色分けされている。十二色にはふた色足りぬので、ローデス侯は深紅、ベルデランド侯は水色を伝統の色とするがそのふたりは席を欠いていた。フリルギア侯夫人ステイシアの肝煎で揃いのマントを身につけた選帝侯の、心のうちが結束しているとは残念ながら云いがたい。

漆黒の胴着を着けたロンザニア侯カルトゥスは末席で不機嫌そうにしている。

専用の控えの間から入り口を通るまで、ワルスタット侯ディモスに近付き何度か話しかけたがディモスは素っ気なく冷ややかな態度をとった。手のひらを返したようなディモスに怒りをくすぶらせているようだが、娘のエミリアがここ十日ほどまったく口をきかない心憂も理由のひとつだった。

紫をまとうディモスは、濃青の胴着アンテーヌ侯名代アウルス・アランに何ごとかささやきかけたが、アランは美貌の眉ひとつ変えず舞台をみつめたままでいた。

純白の胴着――宰相ランゴバルド侯ハゾスは、各人各様の表情の下にかくした思惑をおしはかりつつ、深憂に囚われていた。

（十二選帝侯が即位式のさなか不心得をしでかす、などとは思いたくないが大喪の儀のケルート伯のこともある）

サルデス侯、ラサール侯、ツルミット侯は平生に変わらぬようすでいるが、この場にいないローデス侯とベルデランド侯について憶測し合っていたのだ。

そんなうちに――

宮廷楽士のキタラや笛の音にヤーン神殿の神官たちの詠唱が加わった。

高く低く奏でられる韻律は、人々の魂を世俗的好奇や価値観からひきはがし、非日常の祭祀空間にいざない寄せる魔道の役を果たした。

神官たちの列から大神官がすっと歩み出た。銀の髪と銀の瞳の、臈たけた若き大神官は、人々をいっそうこの世ならぬ気分にひきこむようだ。

「第六十四代ケイロニア皇帝アキレウス・ケイロニウスを父に、ユラニアのユリア・ユーフェミアを母にして、ケイロンの地に産声をあげし――」

深みのある美声が新皇帝となる者の出自を述べたのち、その真名を呼んだ。

「オクタヴィア・ケイロニアス！」

呼び出しの声は凜とひびいて、広間を埋める者たちに覚醒をうながす。この瞬間に人々は、眼《まなこ》を、心をみひらいていた。

雪ヒョウの毛皮のマントにつつまれた長身が、すべるように――まさに湖上の白鳥の優雅さで――真ん中にすすみ出る。

居並んだ選帝侯、六長官、十二神将の前を。途中、オクタヴィアが足どりをゆるめたのは、マリニアの傍らを過ぎたときだった。

幼い――次の黒の月が来れば六歳になる――マリニアは、皇帝家の席にたったひとりで座っていた。茶色の巻毛の頭には親王冠。やや小ぶりな冠には紫がかった青玉《サファイア》が嵌め込まれている。バルト鳥の卵ほどある宝石には美しい光条がいくつも走っている。親王冠は大きさのわりに重いのだが、マリニアは細い首をすっとのばしてじつに姿勢がよかった。すでに女帝の娘という自覚が芽生えているようだ。

（マリニア、あなたが居てくれたからこそ母さまはここまで来られたわ。あなたは私をみちびいたひとり、あなたを守るという意思が私をつよくした。マリニア、マリウスの娘……）

オクタヴィアの思いはマリニアが誕生した日へとさかのぼる。さらにマリウスとの出逢い、パロ王子の名乗り、父帝にいったんいとまを告げ旅立った日のことも。その追憶の中にもうひとり皇帝家の人間が居た。母の異なる妹、数奇なる豹頭王の妃……。

（シルヴィア、あなたは今何処にいるの？　妾腹の姉が皇位を継ぐことをあなたはどう思う？　いいえ、どう思われても、否定されたってかまわない……あなたが生きていて、いつかまた笑いあえる日を私は願ってやまない）

オクタヴィアは選帝侯たちの列に目をやった。ランゴバルド、ワルスタット、アンテーヌ、ツルミット……選帝侯たちを皇帝をもり立て守護する者としてより、おのれの一挙一動を厳酷に見据え評価を下す裁決者のように感じる。おそろしくないとは云えなかったが、

（新皇帝として選帝侯の心をつかんでいる、と思うほどお目出度くはないわ。でも、亡き先帝アキレウス陛下とても、最初から英明を謳われていたのではないわ。私には今が始まりのとき。反対意見、反対者はあって当然だわ。逆風がきっと今より私をつよく皇帝らしく鍛えてくれる。そう信じるわ）

オクタヴィアは最終最後の迷いをふりはらって一段高い玉座に目を向けた。

（……グイン陛下、まちがっておりませんよね、私の決断と覚悟は。これからが本当にたいへんだろうけれど、いつのときも前を向き努力を怠ること無くあゆんで参ります）

儀式を見守っていてくれる守護神が、今このときだけ遠くはるかに感じられた。

大神官のもとに着くまでオクタヴィアが越えねばならなかったものが、ウィレン山より険しくないとはヤーンにも云えなかったろう。

ついに織王冠を掲げる神官の前に立った。その美貌はひきしまり、男性的な――父ゆずりの輪郭が際立って見えた。

「ヤーンと、先の帝《みかど》のお志によって、そなたは獅子の座にみちびかれた――獅子の玉座にあっても終生おごることなく、先帝アキレウス陛下のご威光をけがす行いをしないと誓いますか」

「誓います」

オクタヴィアのくちびるは、宝冠に嵌め込まれた《イリスの涙》のように青白かったがふるえてはいない。

ヤーンの大神官はしばし――タルザンほど無言でいた。満場の人々はかたずを呑んで見守った。大神官は目を伏せ、そのさまは歴代皇帝の霊の声に耳をかたむけているようにも、霊能力をもってオクタヴィアを審査するようにも見えたが、やがて銀色のまつ毛が上げられ、

「あなた様こそケイロニア皇帝となられるにふさわしい御方、いつのときもヤーンの恩寵のあらんことを――」

大神官はうやうやしく、オクタヴィアの頭《こうべ》に皺王冠をさずけた。

ふたりの小姓――共に子爵である――がさっと走り寄ってきて、ひとりがオクタヴィアのマントを外す手伝いをし、もうひとりはアキレウスの形見の宝杖を差し出した。

オクタヴィアが雪ヒョウのマントを脱ぎはらい、その身にまとったきらめく衣裳を見せつけたとき、満場の人々は身分の高低なく両の眼《まなこ》をみひらき、瞬きを忘れ、歓声さえも忘れたようだ。女帝オクタヴィアは頭《こうべ》に戴く冠に嵌め込まれた宝石と同じまばゆい光に全身をつつまれ、女神そのひとであるかのように立ち尽くした。

そうして握りに獅子の頭をきざんだ杖を手に、（これがケイロニア皇帝として私が記す第一歩）しずかに一歩を踏み出した。

「ただいま、私オクタヴィア・ケイロニアスは、栄えあるケイロニアの皇帝の座を継ぎました。新皇帝としてまず最初に云っておくことがあります」

光輝と美と威厳に圧倒された人々の耳に、女としてはひくい響きの声音が流れいった。

「ケイロニアは猫の年の災厄によって、かつて黄金の都と謳われた栄華をいちじるしく損なってしまいました。なれども！」声音に力をみなぎらせる。「ケイロニアは必ず国力を回復させます。失われたものを取り戻します。失われたものにはかけがえない、多くのいのちがありました。黒曜宮の貴族もサイロンの人々もひとしく喪失を味わった……先帝アキレウス陛下の早すぎる死にまた災厄が関わっていたのではないか、と思わずにいられません。しかし悲しみ悔やむ日々から私たちは立ち上がらねばなりません。ケイロニアは獅子の国、ケイロンの民は心の根からたくましいはずです。新しい時代へいのちを繋いでゆくことができる。せんにグイン陛下はサイロンの孤児たちを救済する条例を発しました。子どもたちこそ国の宝、ケイロニアの希望の星である。ひとりでも多く健やかに生い立たせる大切さを示されたのです。道が困難でも子どもたちのためなら進んでゆける、そのことを私は学んできました。その私が治める国を信じて下さい。ヤーンに誓ったように、皇帝はケイロニアに誓います。サイロン復興をおし進め、孤児や生活貧窮者を救済してゆきます。親をなくした少年少女が、悲惨な境遇に陥ることのないように」

オクタヴィアのこの所信表明演説は、施政者たちにすくなからぬ衝撃をもたらした。

(う、あ……オクタヴィア女帝陛下はやはり素人だ。財源の算段がつくまえに民に確約など……失言ではないか)

ハゾスは頭を抱えたくなったが、大蔵長官のナルドはかかる費用を胸算用し卒倒しかねないようすだった。

ワルスタット侯ディモスは冷笑を浮かべ、アトキア侯マローンは呆然とした面持ち、アンテーヌのアウルス・アランは若さゆえか夢見心地の表情を浮かべている。

「黒曜宮は新しく事業や産業を興す者、学問を志す者に、奨励金を与えることにします。民こそ国の宝。私は人の育成をまず第一に考えています。大喪の儀においては国を思うたくさんの声に、皇帝家と民の深い繫がりを知らされました。ケイロニア女帝は、このケイロンの絆をもって国をまとめてゆこうと思うのです」

オクタヴィアが言葉を切ったあと、人々はしばし驚嘆と啞然とにしばられていた。静寂を破ったのは三階バルコニーからの声だった。

「……タヴィアじょてい……へいか……おめでとうございます」

細い少女めいた声であった。その声が、人々の金縛りを解いたのだった。広間のあちこちで皇帝を祝う声、万歳の声が上がりはじめた。

「オクタヴィア陛下万歳！」

「マルーク・ケイロン！」

「ケイロニア初の女帝オクタヴィア・ケイロニアス陛下！」

広い広い建物のうちに多くの声がひびきあい、いつ果てることなく絡みもつれる。たくさんの声に真摯な祝福を聴きわけることが出来るのはヤーンだけではあったが。

ハゾスは白皙《はくせき》に滲む汗を絹のハンケチでそっとぬぐう。番狂わせもあったが、不心得者の闖入《ちんにゅう》もなくつつがなく式を乗り越えたと思った。

（オクタヴィア陛下のご公約がこののち波紋となるかはヤーンのみぞ知るだが……）

表立って叛意を見せる者はいなくとも、水面下にどのような思惑をひそませるのか？

（やはりディモスが気がかりだ。私と目を合わせようともせぬ、ロンザニアをそそのかした真意は何なのだ？　不気味だ……。不気味と云えば、ダナエのルシンダ夫人は病み上がりということだが……）

黄色いドレスをまとった母侯はおそろしく青い顔をしている。シリウスを世嗣に迎えたがっているはずだが、ハゾスに何を云うでもなくただ暗いまなざしを向けているだけだ。

即位式という山を越えはしたが、不穏な雲居は晴れない。気鬱にとらわれたハゾスに、掛けまわされた垂れ幕から声がかけられた。

（宰相閣下）

（マックス、まだ儀式の途であるぞ）

小声で秘書官をしかりつける。

（おそれいります宰相閣下、急ぎお伝えすべきことが――）

子飼の文官から書き付けを渡され、ハゾスはうろんげに目を走らせた、とたん、おお、と呻きをもらしてしまった。すべての選帝侯の目を集めてしまうが、このときばかりは悪びれることはなかった。

書き付けはグインの細作リュースからだった。

「ケイロン古城、アルリウス王廟の地下三十タールに、イリスの鉱脈を発見せり」とだけ、短くしたためられていた。

書き付けから顔を上げたとき、ハゾスに気鬱は影さえも無かった。

（白金はあった！　これで財源は確保される。オクタヴィア陛下の公約は期せずして実現可能となったのだ。今このときヤーンはケイロニアを、ケイロニアの新皇帝を祝福したもうた。――いや、グイン陛下の叡智が好運をひきよせた）

ケイロニア宰相の目は、広間の上座にあって即位式を見守っていたシレノスの似姿ではなく、北の彼方――はるかベルデランドの地に向けられていた。

あとがき

宵野ゆめです。たいへんお待たせいたしました。グイン・サーガ第百三十八巻『ケイロンの絆』をお届けいたします。

病気療養のほうは順調にすすんでいます。ただ諸々の身体的症状はおさえられても、精神的ダメージはいかんともしがたいという……すいません、原稿が遅れた云い訳です。

かつて小説教室で中島梓先生は、「健全な肉体に不健全な魂を宿らせて書くのだよ」とおっしゃいました。とても中島先生らしい《言霊》が絶不調の脳内にひらめくつど、（師匠、ほんとうですー。陰謀とか黒魔道とか書くにはけっこう精神力をつかうものですね）とつい泣き言を云ってました。

じゅうぶん足りていればなんの問題もないのに、枯渇してくると失血したかのように支障をきたす「エネルギーとしての精神」。これって何やらグイン世界の魔道のエネルギー原理と通じているような気がしませんか？
魔道とは物質界に対応し、精神の力によってエネルギーを得る科学の体系とされています。栗本先生は小説を書くことをよく魔道になぞらえておられました。高速かつ大量に文字を叩きだすようすは傍で見て、ほんとうに魔道としか云いあらわせないものでした。

本作に登場し思いがけぬ活躍をみせた「落魄の魔道師」には、書き手の貧血ならぬ貧精神エネルギー状態が少なからず影響を及ぼしているようです。とは云ってもこのドルニウス魔道師は、正篇百二十六巻『黒衣の女王』から本篇に登場しています。百三十二巻『サイロンの挽歌』で、グインは「ケイロニアのためにはたらく魔道師」を探していましたが、ここでようやく出会ったわけです。

話しかわって、昨年の初夏「居酒屋グイン亭」が開催されました。東京・神田の早川書房本社ビル一階のカフェ・クリスティにて、期間限定でグイン・サーガに登場するお料理や飲み物を提供するという企画でした。店内に栗本先生の生原稿や創作ノートや漫画、ナンバリング、グインのフィギュアも展示され、先生の命日の五月二十六日には今岡清氏が一日店長をつとめられました。
お店に足を踏み入れて、まっさきに目を奪われるのが、カウンターと逆の壁面を埋めつくしている正篇と外伝のカバーイラストです。各巻を飾る、グイン、イシュト、リンダ、レムス、ナリスさま、マリウス、スカール、リギア、シルヴィアの肖像。名せりふと名シーンがめくるめくよみがえってきて胸が熱くなります。

モニターにはピアノを弾く中島先生のすがたが映されておりました。

さっそくメニューをひらいてみると、「カラム水」「オリーおばさんの肉まんじゅう」「サイロンのカバブー」「ユラニアの焼きパン」「火酒《かしゅ》」「ヘレヘレ酒」などなどが並んでじつに壮観！　感動しました。

肉まんじゅうのお味はちょっぴりスパイシーでした。クムのヤクの粉を隠し味につかったのでしょう。カラム水はこちらの世界のアセロラ・ジュースによく似た風味でした（爆）。透明な火酒はとても強いので、わたしは舐めることしかできません。ヘレヘレ酒のきれいな青色にはそそられましたが、こちらはイモリ《ヘレヘレ》をキタイのお酒につけ込んだもの。ちがう理由から舐めることが出来なかったです。

グインのトリビア・クイズ（全二十問）をやってみましたら、〈煙とパイプ亭〉はアレナ通りの何番地だっけ？　ナリスさまは何代目のクリスタル公……？　と、数字にからむ問題はあえなく沈没しましたが。

料理を楽しみ、グイン・サーガの世界観にひたり、話の花を咲かせ……幸せなひとときを過ごせました。他のファンの方たちも同じだったと存じます。

これも先生がよくおっしゃった言葉ですが、「私は《場》を作りだす人なのだよ」ひとりの作家がこしらえた物語が、たくさんの人を魅了し、ひきよせ、人と人を繋げていたことにあらためて感慨をおぼえた次第です。

『ケイロンの絆』というタイトルが出てきたのはこの宵だったたと思います。白状するとこの段階で原稿はまだ七十枚しか出来ておらず、前述の通り貧精神状態でしたが、グイン亭に集った《場のパワー》に補塡された気がいたします。企画して下さった早川書房の阿部さん、クリスティのスタッフのみなさん本当にありがとうございます。

なお『ケイロンの絆』の第二話にグインの細作が出てまいりますが、昔グイン・サーガのファンクラブ「傭兵騎士団」の会報に栗本先生が連載されていたエッセイに、「銀狼騎士団は諜報部隊」という裏設定があったことを監修の八巻さんからお聞きして、そこからイメージを膨らませることができました。ありがとうございます。

ちなみに十二神将騎士団の役割分担は、黒竜、白虎、白蛇、金狼が主力の遊撃部隊で、金羊、金鷹が辺境警備、金犬が皇室警護、飛燕が伝令と斥候部隊、金猿が工作（こちらは諜報部隊ではなく、戦闘の際に身の軽さをいかし敵砦になわばしごをかけ攻略する特殊部隊）、白鯨が海軍、白象が戦車・輜重《しちょう》担当です。殊に白象騎士団の重戦車やら破城器械には惹かれるものがあります。製錬所のシーンも書いていて楽しかったですし！

さて、この『ケイロンの絆』でケイロニアは新しいステージを迎えます。グインは新たな問題の種子をどう処理するのか？　ハゾスとディモスの関係はどう変化する？　というところで、次は五代先生の巻です。ヤガでとほうもないことが起きそうで目が離せませんね。


ここで執筆に協力をいただいた方々にお礼を申し上げます。

編集担当の阿部さん、文脈のチェックをありがとうございます。

今岡さんは一日店長の和服とお帽子がとても似合って粋でした。

田中さん、八巻さん、中原史の貴重なレクチャーをありがとうございます。

丹野忍先生のカバーイラストが待ち遠しいです。

竹原沙織さん、英文タイトルを毎回ありがとうございます。グイン亭でお話しを伺えて嬉しかったです。

そして、本書を手にとって下さっている方に、御礼の気持ちをこめて「グイン亭」のコースターに書かれたグインの名言を贈ります。

「俺は――ひとがおろかな動物であり、哀しい動物だとも思わん。ただ、かれらは、ひたむきに、かくあるがゆえにかくあるだけのことだ」外伝16巻『蜃気楼の少女』より。

宵野ゆめ拝

著者略歴 1961年東京生，千代田工科芸術専門学校卒，中島梓小説塾に参加，中島梓氏から直接指導を受けた，グイン・サーガ外伝『宿命の宝冠』でデビュー，著書『サイロンの挽歌』『売国妃シルヴィア』『イリスの炎』

HM=Hayakawa Mystery
SF=Science Fiction
JA=Japanese Author
NV=Novel
NF=Nonfiction
FT=Fantasy

グイン・サーガ⑬⑧

ケイロンの絆《きずな》

〈JA1225〉

二〇一六年四月十日 印刷
二〇一六年四月十五日 発行

（定価はカバーに表示してあります）

著者 宵《よい》野《の》ゆめ
監修者 天《てん》狼《ろう》プロダクション
発行者 早川浩
発行所 株式会社 早川書房

郵便番号 一〇一 - 〇〇四六
東京都千代田区神田多町二ノ二
電話 〇三-三二五二-三一一一（大代表）
振替 〇〇一六〇-三-四七七九九
http://www.hayakawa-online.co.jp

乱丁・落丁本は小社制作部宛お送り下さい。送料小社負担にてお取りかえいたします。

印刷・株式会社亨有堂印刷所 製本・大口製本印刷株式会社

ISBN978-4-15-031225-1 C0193